U0092155

菲律賓・華文風 叢書 11

九華文集

陳若莉 著

楊宗翰 主編

獻給　父親、母親和愛我的人

情感與文字的角力。

剛健的筆觸訴說著亙古不變的情意。親情、愛情、故國情，天地盡為情所繫。

化柔柔絮語為生命的椽筆。寫人世間幾多際遇。情真、意摯。

一場跌宕與文采的爭艷。

菲華詩人蘇榮超

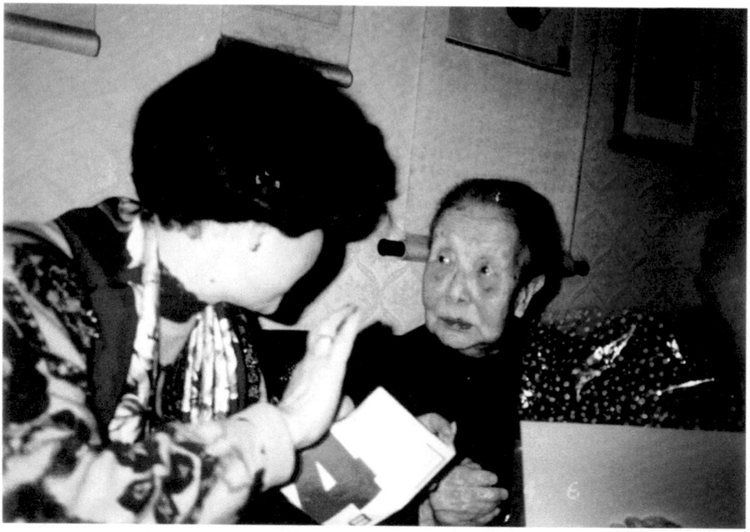

上圖：1993年4月，作者陳若莉轉交文學家蘇雪林致文學家冰心之手書問候函。
下圖：1995年春於上海作協，作者與散文家柯靈（左）、名詩人王辛笛（右）合影。

左圖：1995年春於北京與名戲劇家曹禺合影。

下圖：1995年12月作者夫婦在台北向名作家林海音（前排中）、張秀亞（前排右）致敬，後排右立者為泰華作家莫藍玉。

上圖：2004年作者與名作家王蒙合影於北京。
左圖：2006年作者夫婦與文壇名家劉再復合影於馬尼拉。

上圖：2006年4月作者夫婦於台北與散文家琦君夫婦致敬合影。
下圖：菲律賓華青文藝社活動照片

【主編序】

在台灣閱讀菲華，讓菲華看見台灣

——出版《菲律賓・華文風》書系的歷史意義

楊宗翰

很難想像都到了二十一世紀，台灣還是有許多人對東南亞幾近無知，更缺乏接近與理解的能力。對台灣來說，「東南亞」三個字究竟意味著什麼？大抵不脫蕉風椰雨、廉價勞力、開朗熱情等等；但在這些刻板印象與（略帶貶意的）異國情調之外，台灣人還看得到什麼？說來慚愧，東南亞在台灣，還真的彷彿是一座座「看不見的城市」：多數台灣人都看得見遙遠的美國與歐洲；對東南亞鄰國的認識或知識卻極其貧乏。他們同樣對天母的白皮膚藍眼睛洋人充滿欽羨，卻說什麼都不願意跟星期天聖多福教堂的東南亞朋友打招呼。

台灣對東南亞的陌生與無視，不僅止於日常生活，連文化交流部分亦然。二〇〇九年臺北國際書展大張旗鼓設了「泰國館」，以泰國做為本屆書展的主體。這下總算是「看見泰國」了吧？可惜，展場的實際情況卻諷刺地凸顯出臺灣對泰國的所知有限與缺乏好奇。迄今為止，台灣完全沒有培養過專業的泰文翻譯人才。而國際書展中唯一出版的泰文小說，用的還是中國大陸的翻譯。試問：沒有本土的翻譯人才，要如何文化交流？又能夠交流什麼？沒有真正的交流，台灣人又如何理解或親近東南亞文化？無須諱言，台灣對東南亞的認識這十幾年來都沒有太大進步。台灣對東南亞的理解，層次依然停留在外勞仲介與觀光旅遊——這就是多數台灣人所認識的「東南亞」。

東南亞其實就在你我身邊，但沒人願意正視其存在。台灣人到國外旅遊，遇見裝滿中文招牌的唐人街便倍感親切；但每逢假日，有誰願意去臺北市中山北路靠圓山的「小菲律賓」或同路段靠臺北車站一帶？一旦得面對身邊的東南亞，台灣人通常會選擇「拒絕看見」。拒絕看見他人的存在，也許暫時保衛了自己的純粹性，不過也同時拒絕了體驗異文化的契機。說到底，「拒絕看見」不過是過時的國族主義幽靈（就像曾經喊得震天價響，實則醜陋異常的「大福佬（沙文！）主義」），只會阻礙新世紀台灣人攬鏡面對真實的自己。過往人們常囿於身分上的本質主義，忽略了各民族文化在歷史上多所交融之事實。如果我們一味強調獨特、純粹、傳統與認同，必然會越來越種族主義化，那又如何反對別人採用種族主義的方式來對付我們？與其矇眼「拒絕看見」，不如敞開心胸思考：跟台灣同樣擁有移民和後殖民經驗的東南亞諸國，難道不能讓我們學習到什麼嗎？台灣人刻板印象中的東南亞，究竟跟真實的東南亞距離多遠？而真實的東南亞，又跟同屬南島語系的台灣距離多近？

台灣出版界在二〇〇八年印行顧玉玲《我們》與藍佩嘉《跨國灰姑娘》，為本地讀者重新認識東南亞，跨出了遲來卻十分重要的一步。這兩本以在台外籍勞工生命情境為主題的著作，一本是感性的報導文學，一本是理性的社會學分析，正好互相補足、對比參照。但東南亞當然不是只有輸出勞工，還有在地作家；東南亞各國除了有泰人菲人馬來人，也包含了老僑新僑甚至早已混血數代的華人。《菲律賓・華文風》這個書系，就是他們為自己過往的哀樂與榮辱，所留下的寶貴記錄。

東南亞何其之大，為何只挑菲律賓？理由很簡單，菲律賓是離台灣最近的國家，這二、三十年來台灣讀者卻對菲華文學最感陌生（諷刺的是：菲律賓華文作家在一九八〇年代以前，一度以台灣作為主要發表園地）。[1]東南亞各國中，以馬來西亞的華文文學最受矚目。光是旅居台灣的作家，就有陳鵬翔、張貴興、李永平、陳大為、鍾怡雯、黃錦樹、張錦忠、林

---

1 台灣跟菲律賓之間最早的文藝因緣，當屬一九六〇年代學校暑假期間舉辦的「菲華青年文藝講習班」（後改為「菲華文教研習會」）。此後菲國文聯每年從台灣聘請作家來岷講學，包括余光中、覃子豪、紀弦、蓉子等人。一九七二年九月廿一日總統馬可士（Ferdinand Marcos）宣佈全國實施軍事戒嚴法（軍統）之後，所有的華文報社被迫關閉，所有文藝團體也停止活動。後來僥倖獲准運作的媒體亦不敢設立文藝副刊，菲華作家們被迫只能投稿台港等地的文學園地。軍統時期菲華雖無出版機構，但施穎洲編的《菲華小說選》與《菲華散文選》（台北：中華文藝，一九七七）、鄭鴻善編選的《菲華詩選全集》（台北：正中，一九七八）卻順利在台印行面世。八〇年代後期，台灣女詩人張香華亦曾主編菲律賓華文詩選及作品選《玫瑰與坦克》（台北：林白，一九八六）、《茉莉花串》（台北：遠流，一九八八）。

建國等健筆；馬來西亞本地作家更是代有才人、各領風騷，隊伍整齊，好不熱鬧。以今日馬華文學在台出版品的質與量，實在已不宜再說是「邊緣」（筆者便曾撰文提議，《台灣文學史》撰述者應將旅台馬華作家作品載入史冊）；但東南亞其他各國卻沒有這麼幸運，在台灣幾乎等同沒有聲音。沒有聲音，是因為找不到出版渠道，讀者自然無緣欣賞。近年來台灣的文學出版雖已見衰頹但依舊可觀，恐怕很難想像「原來出版發行這麼困難」、「原來華文書店這麼稀少」以及「原來作者真的比讀者還多」——以上所述，皆為東南亞各國華文圈之實況。或許這群作家的創作未臻圓熟、技藝尚待磨練，但請記得：一位用心的作家，應該能在跟讀者互動中取得進步。有高水準的讀者，更能激勵出高水準的作家。讓我們從《菲律賓・華文風》這個書系開始，在台灣閱讀菲華文學的過去與未來，也讓菲華作家看見台灣讀者的存在。

【序】

——九華文集

司馬中原

歲末天寒，展讀旅菲女作家九華所寫的《九華文集》，不禁興起無限的感懷。我與九華處身在同一個戰亂流離的大時代，個人際遇雖有參差，但整體而言，處境相同者極多，比如說，她所景仰的先輩作家，像冰心、蘇雪林兩位先生，凡是生於那一時代的人，無不景仰。我幼讀冰心的《繁星》、《春水》、《寄小讀者》諸書，對她崇拜入迷，我去北京想探望她，但文聯告訴我，她身體極差，已不能見客了，可真是緣慳一面，遺憾終生。

九華在其「作家身影」首輯中，最先訪謁的即為當時任教於台南成功大學的蘇雪林先生。九華以她的靈心慧筆，寫出蘇先生對她摯友冰心的推崇與緬戀，聞知九華要赴北京，她立即寫封信，托其轉交冰心，九華深受感動，因蘇先生表露出沒有時空界限的真摯友情，從根本上打破了「自古文人相輕」的格局。蘇先生性格豪爽，對文壇後輩的鼓勵提攜不遺餘力，若干年來，我在多次會面受教甚多。

九華在台灣訪問過的女作家，如張秀亞、林海音、潘琦君，都是一向敬重的老姐，秀亞姐慈慧溫和，海音姐的爽直明快，琦君姐的忠厚謙抑，在九華的筆下都寫的入木三分。最令我感到奇怪的是：九華和她們初次見面，就能憑藉她的直感印象，運用惜字如金的筆墨，頌之以誠，其絕世才情，我自嘆弗如也。

我與施蟄存先生雖無緣見面，但一九四九年初春，我駐軍在浦東施先生自辦的中學內，當時共軍已陳兵於長江北岸，江南一片混亂，那所中學已經停課，祇留下一位老齋夫看守門戶，我曾詢及施先生，他說：「施先生回鄉下養病去了！」但學校圖書館舍中，陳列了許多施先生的作品和所編的刊物，也讓我得飽眼福了。

至於蕭乾和曹禺，均是舉國皆知的大師，蕭乾懷思故鄉的散文，使用深色度的文字，恍如黝黯的夢影，他的譯著，表述倫敦在工業革命時期，貧苦人們在死亡線上掙扎的苦況。我讀後滿眶噙淚，難以或忘。曹禺的戲劇，上演一甲子而不衰，我和九華都是他們的粉絲，自不待言。而大陸作家王蒙、余秋雨等來台，我因冗務繁忙，失之交臂，但對他們的景慕，卻絲毫未減，他們超卓的見解，確具樞紐時代的功能。

在九華文集的五輯作品中，通篇最著意處，端在一個「情」字上。九華在「作家身影」中為文化的前途用情，在「情在」一輯中，為思親懷故，生命的反造用情，在「書香」一輯中，為她所尊敬的典型人物用情，在品賞人生中，為她發自內心的靈性觀照用情，在菲島情懷中，她更為菲島後世發展用情，她所寫的何止是浮面文章，而是透過她半生的實踐所產生的感懷，有盼望、有追憶、有肯定與頌揚，更有悲沉的悼念，尤其是在〈思親更在斜陽外〉一作中，使我讀來愁腸百轉，終夜難寐，九華生在簪纓世家，幼享家庭溫暖，至少有過幸福的童年；在我少小離家，處身硝烟流火之中，五十年後，白髮還鄉，祇面對一座孤墳，悽涼何訴？

文章的好處，端在掩卷之後，能否激起讀者波延性的感懷，九華文集情花朵朵，遍撒人間，誠使我得益良多也。

是為序。

【序】

彩霞滿天的心路

莊良有

若莉的父母給了她一張「顏如玉」的臉容。你第一次見到她，一定會多看她一眼，因為很美；可比她的美貌更出色的是她的書香墨氣。《九華文集》是若莉以詩書滋潤自己的精神生活所孕育出來的另一張有氣無形的美貌。

《九華文集》一開卷，〈初春的喜悅〉就冒出作者驚人的想像力。

微寒的春風裏，一朵朵小黃花兒，那麼活潑天真地站在路旁，像一群快樂的小童們，戴著黃帽兒，身穿綠褂子，握著小拳頭，向人打躬作揖……。

可愛極了！宛如觀賞到一張有景有色有動感的圖片，就像今日網上所見各種會動盪的五彩節日卡，精采得很。小品文能創作出那麼美好的藝術境界，讀者怎不動容？

林忠民歷任亞洲華文作家文藝基金會董事長，數次率團去台北、上海、北京等地向幾位資深作家致敬，贈送獎金獎牌。若莉每次都隨行，且勤於著墨記敘所見所感，娓娓道述諸作家的笑容和淚影。若莉好讀書，幾位名作家的作品她都賞讀過，拉近了距離，所寫文字真摯至誠、很有親切感。

〈情在〉緬懷往事，作者把已如風般飄散的陳年舊事繪聲繪影的追尋回來，重溫其生命裡所眷念的感情世界。有兒時甜甜的記憶，有溫馨可人的畫面，有訴不盡的情味世味，對母親的思念更是寫得情致濃郁。

很久以前我就從施老總處得知若莉是蔣中正時代一位將官的女兒，因而對她的身世背景尤感好奇，也渴望拜讀她寫其先父的文章。〈思親更在斜陽外〉一出爐，我逐字逐句的閱讀，讀出了濃濃的味道。

若莉與父親刻骨的歡樂歲月只是在童年，但她的父親的至愛和家教卻密密的織在她記憶裏。父親對他們一家人的顧愛關懷在她筆下涓涓細流，處處散發出親情的溫暖。

其父畢業於孫中山和蔣中正在一九二四年創立的黃埔軍校，是該校精選當時全國菁英，培訓出來的現代軍人。為盡忠國家，加入處於烽火年代的革命軍。難能可貴的是這位堂堂軍人的書卷氣：飽讀中國古典文學，喜愛中國文物藝術，書房裏藏有文房四寶，一生恪守讀書人的氣節和品格。

陳公愛家、更愛國，是無私無我的大義精神左右了他的人生路向。捨身衛國，看不到兒女長大，能不心酸？能不哀惜這麼一位優秀不凡的軍官生命的短暫？

如此深情的篇章，叫人感懷不已！

〈品賞人生〉寫瓷器、寫茶道、寫名勝、寫古蹟、寫藝術……真是落花水面皆文章，風采萬千，流露出作者的多元才情，單只是文章的題目已夠璀璨的輝映出作者的才氣，直令人羨煞！

〈君自故鄉來——觀青花瓷有感〉是一篇很有份量的作品。瓷器是專門的學問，寫來不易。作者專家似的把青花瓷的來源與燒造歷史交代得了無紕漏。到底是文人的筆鋒，嚴肅的題材竟也摻入文學的意味。

文人雅興喝茶，似乎是天經地義的事。〈茶語花香〉和〈氤氳茶思〉對國粹茶經、茶道、茶味……有談不完的話，殊見特色，其中作者自我嘲謔調侃，幽默可愛。因著文筆曼妙，兩篇「茶」文章，讀來津津有味。

〈吳哥回眸〉和〈雲南見驚喜〉寫得很有氣派，盡見功力之練達，上品也！〈與靈魂共舞的演出〉更讓讀者高喊Bravo，贏得一片喝采聲。作者以亮麗的文采描繪舞劇中絕代的藝術場景，極為傳神，使讀者深深的領悟到舞中饒富魅力的美感，把心靈提昇到一種無可言喻的幻境。這篇散文盈滿情韻畫意，實堪一讀再讀三讀！

〈霜染舊夢寒〉可感可嘆。作者感性多情，寫沈三白和芸娘的綿綿情意，猶如那一對鶼鰈夫妻的感情知己。一個演員必入戲才會演得逼真。作者就是如此，才能夠把〈霜染舊夢寒〉繾綣淒切的意境傳達的淋漓盡致，令人動心又動情。

〈微笑的彩俑〉又是另一篇力作。秦始皇陵兵馬俑的考古發現早已被譽為世界奇蹟。西漢景帝在陽陵的「陪葬坑」所出土的各種陶俑較鮮為人知。感謝作者精闢的介紹。秦俑與漢俑的殊相細膩生動的描寫，把兩千年前的陶俑給寫活了！

品讀「書香」，讀者會覺察到作者豐厚的文學修養隨著她的筆端相繼浮現，很自然的畢露出自己的本色。

〈菲島情懷〉有情有趣，寫得輕鬆。即使是閒筆，亦別有風韻。

九華所寫文章很夠斤兩，是天賦高，是讀書多，亦因為她是出自飄著書香的家庭。（見〈思親更在斜陽外〉）。眼光視野亦自然與他人不同。

她對文藝滿懷熱情，除著作外，也替菲華文壇做了不少事。叫人難以忘懷的是她為亞華作協菲分會策劃「讀書會」格調之高。一般文藝講座都是一閃即逝，亞華「讀書會」則不然。當時，每一場研讀會過後，報刊上必見有一篇篇迴響的文章，掮出一股轟轟烈烈的文藝氣息。此在菲華文藝史裏是空前。該歸功於若莉做事有氣魄、有遠見。

若莉另一壯舉是不辭辛勞的培育文藝幼苗，帶動了一群年輕才子參與文藝活動。她無休無止的為他們忙碌，所辦現場作文比賽發掘出不少有天份的可造之材，給菲華文壇帶來了一片驚喜。她繼而用心良苦的為他們在聯合日報闢出《華青園地》文藝月刊，亦已成氣候。「華青」的誕生，若莉是大功臣，可亦靠她周邊諸熱心文友的共同努力。這也是若莉值得稱頌之處，她識才愛才，足證她的領導才華。美國已故總統雷根傑出的政績在美國人心目中留下了很深刻的印象。雷根並非出身於長春藤名校，而只是不足以掛齒的好萊塢電影明星。他執政之成功，主要秘訣在於他重用英才，這是每一位領導不可或缺的條件。

《九華文集》是作者文才的結晶品。寫人、寫事、寫景都很有境界，文字很到家，讀之是一樂，希望她盡情寫下去。

【序】

半生心事問海棠

施柳鶯

七月雨季，細雨霏霏的王彬街頭，南管聲中，一把「國語版」的「TAGALOG」吸引了我，那輕柔清脆如風鈴的好聽聲音撥動了我的心弦：是我們台灣來的！

我回眸，她抬頭，打了個照面。就此結下半世紀不解緣。

臉容清麗脫俗，眉目如畫，氣質非凡，一襲粉紅直身裙更襯得她冰肌玉骨。

我們互望一眼，彼此一笑，像久違的故人，就侃侃交談了起來。原來，我們同是奉師命上王彬街「新疆」書局尋找《史記精華》上下冊。

一個星期後，我們成了同師同門同系的同班同學。不久，她懷著身孕來上課，有時遲到了（為了要將一對小兒女先送到泉笙培幼園上課）；陳師唯琛楚漢相爭正風起雲湧，或者王師福民白馬非馬正難分難解，她總悄悄打課室側門閃入。我總為她霸個第一行「敬陪末座」的好位子。前排正是春秋戰國亂紛紛，大後方便是我們的桃花源。

小恩恩得天獨厚，躲在媽媽肚子裡，便已汲吮了五千年江山年華的文明精魂。所以，小恩恩順理成章是我的小同學。

畢業後，在母校校友會的一個晚會中，我驚喜的把中學時在培幼園辦公室見到的影中人，那氣宇軒昂的學長和她連接上了！好一對璧人。

「緣」這個字多奇妙，就如她所說：人世間，有些事似乎真是預先安排的。「偶然與必然的相會」，橫跨兩岸三地，時隔一甲子，翁婿竟已在那遙遠的，不可知的時空裡結下了筆墨緣！傳奇如今古奇觀的章回小說，你可以想像，當若莉發現時的驚喜交集！

原籍四川，生於湖南，長於台灣，于歸菲島，書香世家，將門之後，父為一代儒將，南征北伐，率兵抗日，一生戎馬倥傯，盡瘁黨國。母為名門閨秀，出身大家。父親的風骨，母親的堅毅，北國女兒的俠骨柔腸，川娃兒的坦率開朗，江南女子的鍾靈秀氣，都叫她一人佔去了。

自然，出身那兒並不重要，重要的是寫作的心態。無論小品、散文或小說，若莉都不摛藻逞豔，也不銳意鋪陳，對天地萬物，她用情極深，卻用一種隨意自然的筆調來寫景賦物，如一幅寫意山水。最平凡的文字，最憾動人心的語言。

唯一的例外，是記敘拜訪老作家的文作，她下筆極為謹慎。

清．袁子才：品畫先神韻，論詩重性情，一篇感人的散文亦然。請看輯一的〈五四故人情〉、〈故國見青山〉……。輯二的思親諸文，正是一花一世界，字字見性情，難怪司馬老師讀了她的〈思親更在斜陽外〉，一樣的歷史感情，勾起他沉積心底的多年往事，為之輾轉終宵，難以入寐。

我們都是業餘寫作，遣詞用字，絕少學術名詞，愛恨悲喜直透肝腑，卻也往往直達人心，令人感同身受。是理性的清明亮麗，感性的溫潤如玉，她都是雲淡風輕，不帶火氣。當她帶著小恩恩回到魂牽夢縈的故國，印我青鞋第一痕，填寫入境表格時，小恩恩的小手固執地停留在「國籍」那一格，她的理直氣壯，堅持與不豫，輕輕抹去了媽媽海棠葉上的憂鬱，做媽媽的五十年海棠心事總算吁一口氣，放下了。讀的人眼眶也跟著潮溼了。

靜靜的夜晚，我靜靜的心湖被這個女子一頁頁的稿紙攪翻了！從青花瓷的前世今生，到微笑彩俑的今生前世，從茶香到書香，從時間到空間的緣起緣滅，抒情、咏物、寫景，分析文學作品，對現代舞的欣賞，我驚異於若莉之博覽，見解之精湛，而且脈絡分明，自有主張。移居檀島那十年，應該是沒有虛擲光陰。

八十年代，菲華文藝復興，忠民先生和若莉自夏威夷回岷歸隊，重執健筆，帶領我們這一批後生晚輩，迎上菲華文壇的第二春，若莉自然也拿起筆，共同耕耘這塊荒蕪已久的園地。這一對文壇佳偶，負起了承先啟後的使命，在九十年代，若莉便隨亞華基金會，開始了向兩岸資深作家致敬之旅。細細記下了每一段世紀之會，文筆溫柔敦厚，略見拘謹，卻忍不住滿懷喜悅，充滿孺慕之情。相信這是她寫作生涯中最最充實、滿足、最豐富的收穫。

現在，則是致力於啟後的傳承工作，在忠民先生大力支持下，她舉辦全菲中學生年度現場作文比賽，成立「華青文藝社」，社員全是僑校學生，定期舉辦文學講座，把我們這一代的希望種下，幼苗已破土而出，正在蠢蠢欲動⋯⋯。

我們時常偷閒「約會」喝咖啡，因為同為「張迷」，一講起張愛玲，很多見解是一致的，咖啡室中便流動著張愛玲的氣息，我們都覺得張的散文比較隨意，有點像語錄，畢竟她是以小說著稱於世。所以，我們談的都是張的小說。

若莉也經營小說，輯五有四篇早期的短篇，以她的第二故鄉為背景，全是她的菲島情懷，若莉寫小說完全走出她的青花瓷世界，她的茶香和書香。跳脫了風花雪月，百分百寫實派。如果說若莉的散文、小品是閨秀派，有張秀亞、琦君之風，則她的小說可以向另一「張派」——張愛玲的風格下功夫。惜她現在致力於培育新芽，不然，將輯二諸文重新整理爬梳，編排營造，父母親為經緯，半世紀離亂承平，從彼岸到此岸，從垂髫到華髮染霜，見證了這一頁現代史的悲歡離合，整個民族的流離顛沛，何嘗不是又一部大江大海一九四九？〈大姨媽的悲哀〉如果下點心機，也可以發展成一篇小說。或者說，以小說的手法來寫會更具張力。

若莉，她可以是富貴華麗的織錦緞，也可以是藍布白花的雲南紮染。

套一句張愛玲的冤家胡蘭成的話：歲月靜好，日子安穩，或者紅塵滾滾，世道悲涼，她和忠民先生結縭更結筆硯親，攜手相伴於文學的路上，風裡雲裡，或唐或宋，神州千島，都是她多情的目送與回眸。

目次

陳若融

輯一・作家身影

初春的喜悅

此次有幸能隨亞華基金會，向資深老作家致敬，感受良深。真是「他鄉生華髮，舊國見青山」。

進入北京的機場大道，成排的樹木挺立兩旁（原為防風沙所造），枝椏繁密交錯。一望無際，好似伸展至天邊，遠瞭樹梢，彌漫青煙紫霧。有如行走在墨韻十足的國畫中。

迎春花

據說迎春花是春天開得最早的花。

它的花兒一開，就表示嚴冬已過，春天來臨。

微寒的春風裏，一朵朵小黃花兒，那麼活潑天真地站在路旁，像一群快樂的小童們。戴着黃帽兒，身穿綠褂子，握著小拳頭，向人打躬作揖。

又似張開了小嘴，用稚嫩甜亮的嗓音，爭相唱出春的頌讚。努力想把春給唱綠，花給催開。

春猶如初醒的少女，輕柔的披上一片青翠，秀髮上綴滿了燦爛的陽光，踩着輕盈步伐，手握橫笛，吹奏出一季的明媚……裙邊迤邐出那串串的桃紅，絲絲柳綠。春就活躍在眼前，跳進我們的心坎。

團友們，起了共鳴，車箱內的歌聲此應彼和：

……
迎春花開人人愛
迎春花呀，處處開呀
幸呀幸福來
幸福來幸福來呀
大地放光彩
……
一樹桃花千朵紅

朵朵帶笑舞春風

……

都想攬住春的風華，攜回我們長居的炎夏。

五四故人情

四月初，在寧靜的南台灣，靠近成功大學一所單門獨院的宿舍內，我們見到了文壇的長青樹——蘇雪林先生。

蘇先生作品秀麗典雅，生動活潑。下筆以赤子真摯之情，撥動讀者心弦，自二十年代初，即筆耕不輟至今。黃英在《現代中國女作家》一書中，稱先生乃是中國新文學運動勃興之後的「五大女性作家」，與冰心、丁玲、馮沅君、凌叔華齊名。

淡淡的陽光，溫煦地照進室內，正如蘇先生的和藹可親。她架上一副深邊眼鏡，耳有重聽，腿已不良於行，端坐在籐椅上。可是由她蒼勁的字跡，侃侃而談的話語，清亮的眼神裏，我們似乎跟隨她，進入那滿眼蔥蘢的「綠天」[註1]之下，受盡痛苦折磨的「棘心」[註2]裏，披荊斬棘，採中西文化之源頭[註3]，翻楚辭，爬離騷之山嶺[註4]，而得以窺視文學研究之美景。

得知我們也要去向冰心先生致敬時，她馬上出示茶几上一疊冰心先生的近照，臉上透出欣然之色。蘇先生曾在《中國二三十年代作家》這本著作中，對冰心先生推崇備至，認為她的天分，有如杜甫贈孔巢父詩「自是君身有仙骨，世人那得知其故」，冰心之所以不可學，正以她具有這副珊珊仙骨。

蘇先生對故人之情溢於言表，並未因時光而稍減，讓我們感覺到她的至情至性，尤其這二位文壇大師，可能已是五四運動中，碩果僅存的兩位女性作家了。建議蘇先生手書問候之函，她提筆一揮而就。我們很榮幸，也很願意，將這份七十年以上的友情，帶到北京，轉交給冰心先生。

近數十年來，念過書的人，幾乎沒有不讀過《寄小讀者》的。冰心先生文筆清麗雋永，感情細膩，以敏銳之心，抒發出對世間無限的愛與關懷。是大家所公認才華橫溢、成績卓著的女作家。

然而我們這一群從前的小讀者，如今俱已超過中年。爬上中央民族學院的宿舍，魚貫進入不算小的客廳內，冰心先生已經坐在沙發上，面露嫻雅笑容，身穿深色對襟開的上衣，短髮整齊地梳在腦後。背後的牆上，掛著當年她自己在美國療養時寫下的感觸，由梁任公手書的對聯：

世事滄桑　心事定
胸中海岳　夢中飛

我們先由團長林忠民致贈獎牌及敬老禮物，之後，有的獻花，有的握手，有的拍照，有的送作品。靜謐的室內，擠滿了敬佩與興奮的情緒，老人家身體雖然一直不是很好，但很了解海外華文作家對她的仰慕，很歡悅地與我們交談，並將事前已簽好名的著作，讓我們帶回來。

展讀到蘇雪林先生的問候函時，那如鄰家慈祥老太太的冰心先生，像點燃了友誼之燈，雙眸突然炯炯照射出睿智的光芒，且不戴眼鏡即刻看完，同時一再詢問蘇先生的近況，並表示她將親自回信給她。

由此也讓我們明白，冰心先生為何筆下能潺潺流出清瑩澄澈的作品，因為她懂得如何去愛。

期待在很短的時間內，兩位久別的高齡老友，兩對晶瑩閃亮的眸子，能把手言歡，將友情及文壇，照得更明亮、燦爛。

註1：《綠天》，蘇先生散文名著，民國十七年出版。

註2：《棘心》，長篇自傳小說，描寫新舊時代女性的徬徨及感情，感人至深。

註3：蘇先生著作《中西文化同源論》。

註4：《楚辭》、《離騷》為其後期致力研究之著作。

文壇雙秀

九四年歲末，亞華文藝基金會，在台北舉行向資深作家致敬儀式，由熱心推展中華文化的黃石城先生，親自將獎牌，致贈給對文壇極有貢獻的兩位前輩作家——林海音，張秀亞女士。

我躬逢其會，能夠見到心儀已久的她們。歡欣之餘，不禁回憶起五十年代，台灣文壇正值青黃不接時期，能夠接觸到大陸作品甚少，而年輕的作者們，正在起步，幸由大陸渡海而來的一些作家，辛勤地耕耘，綻放出清麗花朵，散發馨香。至今，他們仍然為中華文化而努力，實在可敬可佩。

林海音

會場中，林海音女士雍容大方，帶著書香翰墨的神采，談吐通達風趣，一口清脆的「京片子」，令人想起了北京之風華，西山之毓秀。

她的著作甚豐，文字簡潔明朗，誠摯地寫出人間至情。尤以《城南舊事》一書最為感人。她童年居於北京，筆下「京味兒」極濃。特別是「驢打滾兒」內的宋媽，「爸爸的花兒落了」中的父親，生動地描寫出生離的悲苦，死別的哀淒。樸實自然，更顯真情。

其夫婿何凡先生，曾任《國語日報》發行人，撰寫「玻璃墊上」連續三十餘年，是許多讀者每日必讀的專欄。猶記他們曾各有一篇關於「書桌」的文章，道出在書桌上，並肩爬格子的趣事，及流露出他們伉儷間的深情，豐富了彼此的生活。

她不但曾主編了《聯合報》副刊十多年，進而創辦了純文學出版社，更編寫過內容真切活潑，含義深遠的童話體課文。不為圖利而譁眾取寵，堅守正道，為讀者保留一片清淨地。正所謂擇善固執。舉例來說：他們曾出版了蘇雪林女士著作《中國二、三十年代作家》一書，筆調凝煉清晰，兼具文學與史料價值。這類專門性較強作品，大為有心讀者所喜悅，而純文學出版社卻以供應讀者養分為重，真乃善莫大焉。

張秀亞

張秀亞女士衣著淡雅，儀態閑靜，輕柔的言語。一如她內心的細緻，以其對萬物的深情，筆下才潺潺流出，對生命的歌頌，大自然之禮讚。

她的文筆晶瑩靈秀，流轉自如。自小即深浸在中國文學作品中，又主修西洋文學，因之中西兼顧。加上天資極高，感受力強，各類文章形體，她皆能賦與生命活力，已經出版了散文、詩、傳記、藝術史以及翻譯等眾多著作。尤其是她的散文，更為青年讀者所喜愛，認為是詩的延展，美的代言，並且意境深邃。

初次接觸到張秀亞的作品，是我剛上初中時，由鄰家念高中的丁姐，介紹給我《尋夢草》這本書，即刻，被書中不食人間煙火的境界，深深吸引住，聆聽到她心靈內雅潔，澄澈的傾訴。以及《三色堇》，《牧羊女》，《凡妮的手冊》，《湖上》等著作，都曾與同學爭相傳閱。那時的學生零用錢有限，只得大家湊起來買一本，或是設法借讀，成為我們最佳課外讀物之一種，讓我們分享了其中的「真、善、美」，激發學子對新文學的愛好，印象至今難忘。

也正如她書中所言「好的文章要像葡萄酒，讓讀者陶醉，沉酣其中，而且吸收到豐富的營養」。

更難能可貴，她平日深居簡出，又剛動過關節炎的手術，正在復健之中。在其愛女于德蘭小姐照顧之下，出席頒獎儀式，接受海外文藝工作者表達的敬意，實在令人感動。但願她早日康復，以那優美清新的筆觸，揮灑出更多的青翠。

後記

那次到台北，本想選購數本蘇雪林、林海音、張秀亞的書籍，攜回海外，重溫佳作。豈知跑遍了重慶南路各大書店，從遍佈流行作品的書架上，有如覓寶似地，才挖掘到三冊，令我彌覺珍貴，也不無遺憾。不知是否未能熟悉環境，或是這類書籍，只能在某些出版社選購得到？如是這樣，對現今的讀者而言，豈不是莫大的損失！好的作品不僅使人留戀，同時值得廣為流傳。

故國見青山

在遍植法國梧桐，剛冒嫩芽的上海裡；在楊花飛絮的北京城。向素來十分嚮往的文壇大師們致敬，深感榮幸與興奮。

上海

上海的變化，十分快速。兩年前的印象，高聳的鐘樓尚餘風霜，外灘仍是一片蒼白。而今，彷彿已恢復了往日的光采。浦東建設，東方明珠的閃耀，黃埔江頭的繁忙，地下鐵的啟用。完全顯露出國際港口的架勢。

由外灘典雅雄偉的建築，可窺見其在二十、三十年代風光的局面。它們極似芝加哥密西根大道的著名建築物，當地人引以為榮，認為那是建築物藝術的結晶。我卻以為外灘，如未有江岸一行猶似走廊般的遮欄，當面對黃埔風雲時，視野將更遼闊，景色將更壯觀。

上海何其有幸，正在加緊發展中，不僅預期將為中國的經濟中心，而更有積極開放的文壇，由巴金先生的帶領，增進其文化的內涵。

上海作協高敞的大廳內，響起了九一高齡施蟄存先生的答謝詞，語音鏗鏘，一氣呵成。認為海外華人是為了懷舊而歸來尋根，向老作家致敬，是向中華文化優秀的傳統致敬。施先生的作品，受到許多讀者的讚賞。蘇雪林先生認為他的小說「文藻富麗，色澤腴潤」。《將軍的頭》可為其代表作，是五四以後新文學最優秀的作品之一。

柯靈先生的散文，一向為我們所傾倒，尤其閱讀到他為巴金先生《他的一生》，所著的序言，更是拜服。功力深厚，字字珠璣，文筆清妍秀麗，瘦長的臉型，清癯儒雅。

王辛笛先生的詩，淡遠雋永，以簡潔真樸的文句，用詩心表現出對世間的深情，令人低迴不已，作品如《手掌集》等。圓臉上透露出祥和與執著，戴上一頂法國式便帽，依然可見當年瀟灑。

北京

從機場進入北京城經過「林蔭大道」。

回友誼賓館經過「林蔭大道」。

到北京大學又經過「林蔭大道」。

不論大街小巷處處都是林蔭夾道，新綠在樹梢上渲染出朦朧，絲絲垂柳款擺出春的溫柔。車行在無盡的葱蘢中，我們也沉醉在春蔭之下了。

在文采閣內與多位知名作家列席之下，向名翻譯家，名記者蕭乾先生，獻上我們的敬意及紀念品。他與夫人文潔若女士剛譯完《尤利西斯》這本鉅著，總算可以鬆了一口氣。他筆下的酸甜苦辣，冊冊皆是中國現代史，活生生的見證。團員們爭相與他攝影留念，喜見他白髮童顏，不時露出彌勒佛般的笑容。也嘆息他遭受屈辱，被迫停筆二十多年，更尊敬他對大眾的關懷，國家的熱愛。更希望如他所說：「願咱們中國人的日子越過越強」。

我們在北京醫院，向戲劇大師曹禺致敬。

他的《曹禺三部曲》才華橫溢，結構宏偉，影響廣大。當我們走進病房，他面帶親切微笑，表示歡迎，然後中氣十足的告訴大家：「我們的血管流的是相同的血；我們有相同的根」。團員們輪流提高嗓門，在他重聽耳旁與他交談。告以「雷雨」，「日出」，「原野」這三部曲，不僅當時在國內風靡一時，至今在海外仍為人所樂道。我們欣見他神清氣爽，毫無病容，他卻風趣的回答，是我們給他帶來了朝氣。

親炙了數位大師風範，感受到他們學養的深厚，才華的豐茂，態度的謙和，正如朱光潛先生所謂「風格即人格」。也更明瞭，新文學為何能經得起任何風雨，仍然挺立茁壯。

「為仁者壽」，在此謹祝　大師們越來越康健，筆桿也硬朗如昔。老幹新枝，一齊欣欣向榮，讓青山更嫵媚。

紀念琦君大作家——及時的致敬

一、緣起

正要寫一篇去臺北向琦君大作家致敬的感想。豈知昨天（二〇〇六年六月七日）電視台就播出了她逝世的消息。首先非常的驚愕，而後來深感有幸，亞洲華文作家文藝基金會能及時向其致敬，表達了愛好文藝工作的基金會董事人員，對她在華文文學創作上的努力和貢獻之敬仰。

亞華基金會早在數年前，已提議向琦君致敬，恭贈獎牌與禮金。因當時他尚在美國，未能實行。及至去年得知他與夫婿李隆基先生已回台，居於淡水一所很舒適幽靜的養老院，只是身體情況不是很好。今年三月中，在澳門開世華會議，各地區董事們就決定盡快行動，赴台向其致敬，終於在四月三十日，由基金會代表將至誠的敬意，獻上給這位寫作將近一甲子的散文大師。

她以散文飲譽文壇數十年，被譽為「琦君的名字幾乎就是散文的代稱」。其文溫柔醇美，典雅雋永，寫出他對生命的深情悲憫，對生活的樂趣美善，無不細膩感人，寓文學的哲思於平和明朗之中，將古今巧妙的融為一體。楊牧認為他的散文是「為當今散文中最嚴密深廣的代表作」。而評論家夏志清就把他「歸於李後主、李清照為代表的抒情傳統」。而文訊雜誌總編輯封德屏則以為「琦君散文在中國文學史上絕對有重要的地位及影響力」。她的文章多篇被選為課文，伴隨學子成長。作品被譯成美、韓、日文，並有改拍成電視劇，極受喜愛。

二、「永在」

四月三十日，在台大校友聯誼會樓上，有場別開生面的聚會。短短的二、三小時內，卻成了長長的思憶。人與時空非常之微妙，人與人何嘗不是？可以千年不遇，或是擦肩而過，亦有相逢未必相識；而最珍貴，莫過於片刻的「同在」，成就了一場溫馨動人「永在」的情景。當琦君的輪椅推至會場中，全場立即洋溢敬重、親切、熱情的氣氛，有的上前稱琦君大姐，有的叫琦君阿姨。在場大多為「行家」，有文壇大師、報刊雜誌主編與編輯、及名家健筆，都一一站起來敘說對其作品的尊崇與欣賞，及其影響力。名家司馬中原還特別寫了一篇精彩的〈琦君頌〉，用其鏗鏘之聲，誦讀出來，獲得讚賞不絕。這是一場享受到文學喜悅的盛會。

人生聚散本無常，雖然首次相見，不料亦是永別，我已經非常感恩了。讀過了琦君許多作品；淡雅清純，情真意切，似好茶一杯，幽芬清揚，入口回味無窮。能親炙到她溫和恬靜的氣質，黑色瞳仁滿盈深思。且有在旁照顧她無微不至的夫婿，他倆伉儷情深，在書中已描寫得十分風趣生動。他們是幸福的，可是這些卻無法攔住她與生命告別，輕柔地一揮手就離去了。但是她的身影、精神「永在」其作品中，讓我們在書中與琦君相會、相知吧！

容我在此叫聲：

琦君阿姨

好走啊！

聆聽詩語——訪羅門、蓉子燈屋

一步一步登上樓梯的最上層，轉角處一旁整齊排列成疊成疊的書刊，聞名的燈屋立現眼前。進入他們彌漫藝術氣氛的家，除了書香外，造型別緻的燈，透映出柔和的光影，四壁掛滿著富有精神力量的現代畫，從貝多芬的樂章流瀉出來那無盡的恢宏深沉。才瞭解他們為什麼會產生這麼多，來自靈魂深處的動人詩作。

這一對以生活為詩，生命即詩的詩人伉儷——羅門、蓉子，誠懇親切接待我們幾個久未見面的菲華文友。羅門仍舊是以深刻的思維，不絕地噴發出他對詩的激情，好像永不止竭的活火山口；蓉子依然婉約恬靜，有如深潭秋水清亮從容，殷勤地招待我們喝熱茶吃可口的點心，她那份對人的細緻與關懷，也往往出現在她的詩中。

羅門似火般的性格及陽剛的詩作，與蓉子若水的清澈明淨的詩篇，具有各人的特質，在詩壇上都受到肯定，他們不僅是「水火相容」，更是「水火同源」，源自那永不止熄的「詩心」，正如蓉子所寫：「這是永不止熄的火」。

羅門

羅門與蓉子同心合意牽手走詩路，但是他們詩的風格截然不同。蓉子純美自然，羅門的詩從浪漫抒情到詩化知性，其言語、形式與內涵，都是在探討生命的困惑與悲劇性，來喚醒人類如今的麻痹。他多用時間、存在、生命、永恆、無限、戰爭、死亡等題材，以悲天憫人的心懷來認知、體認、感受、轉化為他筆下震撼人心有血有肉的詩篇。如他早期的「麥堅利堡」，揭露戰爭與死亡的冷酷與悲哀，被公認是表現極為深刻的一首戰爭詩，至今享譽中外。

在燈屋加蓋的頂樓中，展現出羅門的詩觀「第三自然螺旋型架構」，也即是他創作的理念與方向。體認到他如何探索人在「都市」與「大自然」空間的生存情況。「第一自然」——田園，「第二自然」——都市，「第三自然」——心靈視野。心靈視野就是他的「詩眼」，用來穿透一切照出真相，以「美」和「詩」營造人類內心燦爛的世界。

羅門既是現代人居住於現代都市裡，當然感受甚深，對其反應強烈，用他的「詩眼」來捕捉抨擊都市的弊病，寫下有關都市之詩大約七十首左右，被尊為「當代都市詩的守護神」，有以〈方形〉、〈窗〉、〈眼睛〉等首，意象十分突出，均有獨特的現代風格，如另一首都市詩：

生存！這兩個字

都市是一張吸墨最快的棉紙
寫來寫去
一直是生存兩個字
趕上班的行人
用一行行的小楷
　　寫著生存
趕上班的公車
用一行行的正楷
　　寫著生存
趕上班的摩托車
用來不及看的狂草
　　寫著生存
只為生存著兩個字
在時鐘的硯盤裏
幾乎把心血滴盡

此詩語言明朗，意象鮮明，像生存這樣嚴肅的題目，卻能諷喻如此生動有趣，巧妙的結合了傳統與現代，有身臨的「現場感」，也凸顯了「現代感」。規規矩矩的上班族是小楷；方方正正的公車是正楷；橫衝亂竄的摩托車是狂草。多數人為了生存與時間趕個不停，將心血耗盡，這就是人活在世上的意義與價值了嗎？

這首詩中，看出羅門對傳統的尊重，對現代的自重，他喜新亦念舊，加上對大千世界的審視關照，創作自然就與眾不同了。

他明確的表示：「作為一個具有創造和展望的中國現代詩人，他首先必須是一個領受過中國有機傳統文化的中國人，同時，他必須是一顯已生存在現代環境中的現代中國人」。

蓉子

蓉子素來是「靜觀世界內心充滿了對生命的默語和感知」。她早在一九五三年出版的《青鳥集》，不僅是她的成名作，亦是台灣現代女詩人最先的個人詩集。她以簡潔、樸實的詩句，注入深邃的哲思，為詩發出熠熠的智慧光芒。《青鳥》這首詩指出人生除了男女情愛，錢財物慾外，尚應有更高層次的理想，對蓉子來說她的青鳥，即使一生執著追求的真、善、美的詩心、詩情，因之蓉子被稱為詩壇上「永遠的青鳥」。

其他如《一朵青蓮》、《我的妝鏡是一隻弓背的貓》、《傘》等作品，都各有其特色，代表她藝術不同階段的最高成就，成為經典之作。她最受矚目的《一朵青蓮》，被評論為「中國新詩之精品佳作」。

一朵青蓮

有一種月色的朦朧　有一種星沉荷池的古典
越過這兒那兒的潮濕和泥濘而如此馨美！
一朵靜觀天宇而不喧嘩的蓮。

紫色向晚　像夕陽的長窗
盡管荷蓋上承滿了水珠　但你從不哭泣
仍舊有蓊鬱的青翠　仍舊有妍婉的紅焰
從澹澹的寒波擎起

詩中的語句、意境，呈現出幽遠縹緲的詩情畫意，令人沉浸在晶瑩剔透的靈感中，而「這一朵靜觀天宇而不喧嘩的蓮」，是那麼的悠然自得，她絕不受嘈雜混亂的時代影響，不被世俗的淤泥污染，仍然堅持為詩壇獻上「蓊鬱的青翠」、「妍婉的紅燄」。結尾的「擎起」二字，深得畫龍點睛之妙。「擎字是從手、敬聲、本義作持高解」，即高舉之意。在此形、聲、義俱顯，真乃詩人靈心慧眼點活了這首詩，舉出了這朵青蓮的純潔、虔誠、堅定不移崇高的志節。由靜而動，由悒鬱而飛揚，獨具匠心的轉折延伸出無窮的內涵與生命力，是卓然挺立「一朵不凋的青蓮」。

蓉子寫詩是「她對生命宇宙無限感情認知不是僅僅生活中的裝飾品」，在《維納麗莎》詩中指出「你不是一株喧嘩的樹／不須彩帶裝飾自己……」

「詩人應該『顯赫』的是他們的作品而非行動」

「詩與藝術使生命產生耐度，在時間裏不朽」

這些智慧之語，表明她對詩作的真誠與純淨，根本無視於短暫虛浮的「喧嘩」、「裝飾」、「炫耀」，因為她從生命裏體驗領悟到一個真正詩人的永生是存在於他們的作品之中。

可惜，我們在臺北停留的時間太短促，另有他約，只得依依不捨地辭別滿溢詩意的燈屋，與這一對令人尊敬的詩人伉儷——他們永遠在生活與詩中尋求人與大自然的契合。

站在泰順街口，已是薄暮時分，回首燈屋卻是那麼明亮地照耀詩壇。

誰解其中味——王蒙《紅樓夢啟示錄》的啟發

為了提昇華文寫作水平，增進對中國文學更深入認識，激勵大家參與華文寫作的熱情與興趣。菲華文協決定邀請享譽國內外的王蒙大師來此演講，明知王先生除了寫作之外，四處請其演講與研討會的日程早已排得滿滿，但我們仍是要姑且一試。有幸承蒙首肯，大概認為在海外更需要中華文化之灌溉，實在是菲華之福，也令文友雀躍不已。當獲得好消息之後，卻是又喜又憂，擔憂的是王先生的作品在此出現不多，趕緊敲鑼打鼓的通知兩岸三地的親戚朋友寄書，與想辦法托人帶來，準備大家好好研討。

去年底終於盼到了王蒙先生的大作，高興之餘卻似劉姥姥進了大觀園，厚實的數十本文集，令人眼花撩亂，真不知該從何處讀起，猶如入寶山遍地晶瑩璀璨，無從拾掇捨取。王先生作品博大精深，無法走馬看花，需要細看精讀，慢慢地品味，在這麼短短的時間內各人只得以重點來研讀。而我這個對《紅樓夢》十分傾倒的「紅迷」，當然就選讀了王先生的《紅樓夢啟示錄》來啟發自己。

王蒙先生認為「《紅樓夢》是一部天下奇書，他對這本鉅著至今沒有讀完，沒有『釋手』，準備繼續讀下去。……是唯一的一部永遠讀不完，永遠可以讀，從那裡翻開書頁都可以的書。……是一部讀後想不完，回味不完，評不完的書」。

由此可見《紅樓夢》，眩人的風華永遠耐看耐讀，與時俱進，是永遠長存的文學作品。

愛情是人間永遠談不完的話題，悲喜交集在每個人的生命中，也是許多偉大作品反映的主題。

王先生不愧為曹雪芹的知音，真知灼見的指出，《紅樓夢》愛情的觀點是建立在珍惜與尊重上，在二百多年前的時代裡，他就能如此，超越其他中國古典文學甚多，因之閃耀出至情至性之光芒。

「《紅樓夢》中對愛情的描寫是跳出中國封建評價或男性自我中心的以女性為玩物的傳統觀念。」

「雖然《詩經》，《樂府》中有較健康的作品，但畢竟失之簡單。《牡丹亭》的愛情跨越了生死界限，夠強烈，可是內涵高尚不夠豐滿，無非是傷春懷春而已。《西廂記》，文字極美，卻亦輕薄，流露艷趣。」

「名著如《西遊記》內的女人，大多為妖精。《水滸傳》內多淫婦。在《三國演義》裡女人不過只是點綴品。」

在書中王先生用小說家的睿智和敏銳，通過『陌生眼睛』帶領讀者去欣賞曹雪芹高超的藝術技巧，用人物的觀點，表達對賈府總體的觀感。

首先以林黛玉的眼睛寫出「榮府的街市繁華、人煙阜盛、門庭氣象、華冠麗服、僕役排場，然後是一個個人物，言談中流露著高貴、自信、得意乃至放肆……」然後用劉姥姥有距離的眼睛，與她的主觀感受來「描繪凸顯賈府的不凡氣勢」。經受指點之後，亦領悟到曹雪芹虛實並用，轉運之間都有意義存在，自然而不露痕跡，緊扣「浮生如夢」的主題。

如「椿齡畫薔痴及局外」這回，就從寶玉之眼，看到齡官對賈薔之痴情，亦顯示出寶玉之多情，以情感情，還想替她分擔煎熬。只顧擔心齡官會淋到雨（只見女孩蹲下不停的寫『薔』字的背影，並不識其人），卻已忘了自個兒已被淋濕。方悟到人生各有情份，言有盡而意無窮。

寶玉與黛玉初見時，四目交投，兩人都感到似曾相識，「三生石上舊精魂」的重逢，靈犀的相通，永世情緣的契合，恐怕不是一見鍾情所能涵蓋，那種「身在；情在；身不在；情仍在」的深情，恐怕是世上少有的。

寶玉對一切美好事物的眷戀，因而多情，重情、惜情，這正是他痴情性格的本質，「情必近於痴而始真」。在大觀園內對少女的體貼細膩珍惜與尊重，常被誤為濫情。他的「喜聚不喜散」，卻是深刻感悟到世事的無常，恐懼那「如花美眷、似水流年、一晌貪歡」的易逝。而寶玉對愛情與友情亦是涇渭分明。黛玉才是他所有感情歸結處。他執著的「弱水三千，只取一瓢飲。」

高鶚所續的後四十回，雖是眾說紛紜，在此不加討論。僅就其文本來看，續作本來就是吃力不討好的工作。局限於原創之內，經常有狗尾續貂之嫌。尤其「紅樓夢」這本鉅著，前八十回實在太精彩了，由驚世奇才曹雪芹浸滿了血淚歡笑的大筆，深深打動了無數讀者的內心，使少年人讀夢、中年人說夢，老年人析夢，永遠充滿了生命力，與時代共呼吸。

高鶚已是盡力而為，如「苦絳珠魂歸離恨天」、「史太君壽終歸地府」、「王鳳姐力詘失人心」，以及寶玉痴迷及出家等等，都很出色與感人。甚至王先生還設想「是高鶚或某人在雪芹未完成的原稿上編輯加工的結果，完全由一人續作是不可思議」。續作基本上與前八十回風格一致，情節上「無一字無來歷」，「無一字無出處」，續作之人實在是下了極大的功力與心血。但才華是無可比擬的，與前八十回放在一起，就不及「雪芹豐潤、開闊、脫俗，與自然世界的灑脫」，缺少了那份「天成」的自如。

高鶚雖然「缺乏那份藝術靈氣的生命力」，王蒙先生仍然是不否定他能在千頭萬緒八十回中收攏，成為一種結局。如果將「白茫天地真乾淨」，寫成「空空空、空對空，無景無人，還悲什麼呢？」

走筆至此，意有未盡，仍然沉浸在「紅樓夢」的幻境中；大觀園內栩栩如生的人物裡。明知那些只是曹雪芹筆下的創作，虛實相生展現不同人性的風貌，心靈受到無比的震撼，依然無法釋懷。

王蒙先生以他豐厚人生積累與經歷過的滄桑，在「紅樓夢啟示錄」裡靈光頻顯，見出人所未見，寫出人所未寫的見解，藉此觀照人生，體會人生，令人與雪芹更親近了。正如王蒙先生所講「紅樓夢這部讀不完的書」，就留待與王先生的著作，一起慢慢思考，細細咀嚼其中的多滋多味吧！

此刻似乎在時光的交錯裡，朦朧的看到雪芹先生的身影，向「滄涼的華麗」揮手，身揹酒葫蘆，低吟好了歌，在凜冽的寒風中，走向大荒山無稽岸青埂峰下，尋找那塊不悲不喜的的石頭去了。

文學是生命的精彩——歡迎劉再復

亞華菲律賓分會十分的榮幸，請到蜚聲國際文壇的劉再復大師，來到馬尼拉為我們作兩場演講。今天第一場的講題是：「我的文學聖經——紅樓夢的領悟。」身為大會主席，在此敬達熱忱的歡迎。

在剛過完新曆年，春節即將到來的時候，大家仍然還在歡樂、熱鬧、輕鬆地感受中，而劉先生的來臨帶來更多的充實與歡愉。使我們在新的一年中，有更美好的回味。

去年底，世界三大男高音之一的帕瓦洛蒂（Luciano Pavarotti），（有人認為他應該列於首席），退休前在台中的一場盛大演唱會，非常轟動，實在是天籟之音，歌聲雖美，但文學卻是更寬廣、更深遠。相信劉先生的講座定會令我們收穫更多，入耳、入心，讓文學滋潤我們的心靈，激盪我們的靈魂，讓我也有了「詩意的心腸」。這是劉先生的令嬡劉劍梅女士在父女兩地書「共悟人間」的書中，向其父感謝將她引入了文學世界，有了詩意的心腸來珍惜人間所有的真情和愛意。同樣我們也是非常幸運，在這兩場講座中，享受充滿詩意的情懷，在此謝謝劉先生！

如今的科技越來越發達，物質越來越豐富充裕，慾望越來越高。人類的知識越多，頭腦越複雜。被動地被輸入許多不必要的訊息，或是經常受制於模擬與虛幻之中，大腦成為接受機器，忽略了內在的自我，減低了思考能力，精神的匱乏，人與人之間的疏離，所以近年來憂鬱症的人數不斷地在增加。因此劉先生就指出「二十一世紀將是大腦與心靈激烈衝突的世紀」，「文明與文化激烈衝突的世紀」。所以在二十一世紀我們是多麼需要多些像劉先生這樣的文化精神支柱。

劉先生的學術論文嚴密生動，散文是感情與思想充沛。他深刻的體悟了人生，是位卓越的思想家，他的文章是敞開了靈魂的大門，將真誠與真實獻給讀者。他在一九八九年離開了故鄉。就像德國的托馬斯・曼（Thomas Mann），當年離開德國所說的話：「我走到那裏，那裏就是德國。」同樣的劉先生帶著自己的故鄉和故鄉的文化而漂流。雖然他寫出「在中國經歷了難以承受之重；而在美國經歷了難以承受之輕。」由此看來他從主觀成了客觀，甚至以多方位的超越視角來看待人生、透視人世。經過苦難與漂流的磨練，經過東、西文化的碰撞與糅合，思想更深邃開闊，心靈更澄明清澈。將放逐與回歸重新組合，更增加了他對人類的大關懷、大情懷。

劉先生是揹著曹雪芹和聶紺弩的著作浪跡天涯，很巧的是兩年多前，鮑事天先生所設立的詩田文教基金會，出版了一本聶紺弩先生的書，才讓我們看到聶老師的才華與風骨，而聶老師那些作品與贈予劉先生的字跡，都支撐著劉先生渡過極艱難的歲月。其中有詩句是「彩雲易散琉璃碎，唯有文章最久堅。」也讓我們明白物質是不能取代精神，一時是無法取代永久。唯有真情純樸的青埂峰下的那塊頑石，永遠留存於文學世界裏。難怪劉先生要揹著那兩本書走。

二百多年來《紅樓夢》這部鉅著，實在使人驚嘆其成就，曹雪芹這位橫絕千古的奇才，長達十年和著血淚寫下的著作，它反映了人類深層的本質，表現人的思想、感情與大自然的和諧，及社會形態同宇宙觀。至今仍令人感知、領悟、吸收、咀嚼不盡，有不滅的生命力。一首「好了歌」，就使人讀之不盡了。

國學大師王國唯認為《紅樓夢》是哲學的、宇宙的、文學的世界。大學者如胡適、蔡元培、俞伯平等多位，都為《紅樓夢》有過心得，做過考證與研討。名作家張愛玲、白先勇等位，也是經常將《紅樓夢》放在身邊閱讀。而王蒙、李國文，甚至最近為《紅樓夢》受到爭議的劉心武等名家，都為它投下了許多心力，寫下了許多篇章。而劉先生與高行健先生也都揹著《紅樓夢》四處去漂流。

從這些文學家、學者、專家。對《紅樓夢》傾心眷念，各有領域不停地探討，使得「紅學」、「紅迷」，永不退潮。因為它可以用各種角度讓你去探索生活、生命，甚至宇宙穹蒼。由此可見這部著作的偉大與豐富。

現在就請劉先生將我們帶入他的文學聖經——《紅樓夢》中，領悟其中的美妙，欣賞他所說：「文學是生命的精彩」。謝謝！

讀余秋雨作品有感

一

《一個王朝的背影》是余秋雨採用不同角度來思考，審視明亡清興的緣由。以康熙的強健與晚明昏聵的帝王對比，以避暑山莊充沛的活力與暮氣消沉的萬曆深宮對比，明亡只是遲早之事而已。

滿清入關後，仍然有許多漢人起來反抗，誓死不為「異族」統治，例如大學者劉宗周即絕食而亡；大學者黃宗羲及顧炎武均親身投入武裝抗清行列，雖然明知不可為而為，除了「明志」以外，尚且憤恨滿清的「嘉定三屠」、「揚州十日」的殘酷屠殺，及對華夏民族以高壓兇狠的手段來控制。例如「留頭不留髮，留髮不留頭」的做法，殊不知漢人是「髮膚受之父母」，豈可輕易削去。這種文化上認同的差異，必然造成民族間的隔閡與頑強的抗爭了。

所幸康熙意識到，可以馬上得天下，未能馬上治天下的道理，他不但勵精圖治，且熱愛和精通漢族文化，「西學」方面亦肯下功夫去研究。懂得「遵儒重道」、懂得「修德安民」，並且招集學者編理出版，對中國文化重要的著作，如《明史》是廿四史中寫得較好的一部，另有《康熙字典》、《佩文韻府》等等。始終是認同中原文化，其中不乏籠絡之意，因政治、武力都會受時間的限制，而以文化築成一條無形的長城，奠定滿清王朝將近三百年的基礎。

但是歷史總是在重演，「十全老人」乾隆已埋下衰退的因素，無視於外部的演變，尚在唯我獨尊的自認為天朝。而最終慈禧的自私愚昧，更加速了滿清的滅亡，一部近代史就是一部中華血淚史，而數千年的中國帝王制度，也隨之走到盡頭。

始皇二世告終，蜀漢劉禪即亡，帝王的萬世基業，隨即煙消雲散。仁君少，昏君多，以天下為私產，以百姓為芻狗，必受唾棄。正如黃宗羲所疾呼：「為天下，非為君也；為萬民，非為一姓也。」

二

《蘇東坡突圍》是余秋雨以蘇東坡因「烏台詩案」遭到小人誣陷，被貶至黃州為團練副使的原因與經歷落筆。蘇東坡為唐宋八大家之一，他的詩、詞、散文，筆力不但縱橫灑脫，兼具豪邁明麗之，其文章對後世影響深遠。

黃州赤壁，被大多的歷史學家認為非赤壁大戰之正確地點，因此余秋雨文中提出，他是以藝術角度來看蘇東坡的情懷，並非考古證今，關心的是「溫和柔雅如林間風，深谷白雲」的大文豪，應該是那個時代引以為傲，受到極大的敬重與珍惜。竟然會因莫須有的罪名，遭到無盡的折磨與羞辱，甚至輪流拷打，直到他認罪，正如其弟蘇轍所說：「東坡何罪？獨以其名太高」。只因他太多彩，太明亮，將別人給比了下去。余秋雨也有類似的遭遇，因而筆下流露出深深的感觸與感慨。所幸時代不同，對不切實的批評，也就雲淡風清了。

蘇東坡在黃州身體上的折磨已解除，但精神上的孤寂與淒苦卻更深沉，無故冤屈，生離至親，再加上失落的友情（許多友人明知他是無辜，因有顧忌，竟無隻字半語來安慰這位落難者，甚至不覆信），由其寫給李端叔的信內可見：「平生親友，無一字見及，有書與之也不答，自幸庶幾免矣」。

同時他那首意境優美的「卜算子」也道出了心聲：

缺月掛疏桐，漏斷人初靜，
誰見幽人獨往來？縹緲孤鴻影。
驚起卻回頭，有恨無人省。
揀盡寒枝不肯棲，寂寞沙洲冷。

經此災難，蘇東坡沒有被擊倒，也沒氣餒消沉，只是褪盡了繁華，看透了世情，從磨鍊中化為成熟與從容，與山水為伴，與古人相交，與歷史對談，且將阻力成為助力，激發出澎湃的創作靈感。一群卑鄙的小人、一位無能的君王、一個小小的黃州，豈能困住一位才華橫溢，文采璀燦的大文豪？黃州有幸，赤壁有福，大師情由景生，景因文顯，成就了千古絕唱「念奴嬌」、「前後赤壁賦」。

雖然「江山如此待才人」，但才人是不會被淹沒的，這其間得失，又是當時處心積慮的小人所能預料？

三

《筆墨記》。筆墨為中國傳統的文房四寶之二，與中國文字密不可分。先由實用演進至個人修養，及成為中國獨特之藝術。至今東方有的國家尚在運用，日本即有「書道」，專門研究切磋傳自中國之書法。

余秋雨雖然以毛筆代表傳統文化，鋼筆代表現代文化，其實細讀文內，他要表達的即是現代與傳統結合，展望出一個文化新的契機。就算魯迅雖然高呼墨水與鋼筆快速實用，但認為回到鄉下有充裕的時間揮毫，羊毫和松煙也是不壞的。其弟周作人卻是「深深地埋向毛筆文化不可自拔」，甚至買到久年的墨，都捨不得磨，僅供玩賞而已。這種毛筆、鋼筆並用，而非對峙的情況，在五四文化運動健將的身上，比比皆是。

相傳秦大將軍蒙恬造筆，亦稱秦筆。筆與墨相親之後，中華文化因之大放異彩，成為藝術智慧的結晶品。因此寫下了千秋史記，傳下了左傳精華，與無數的文學經典作品，泛出無限的墨芬書香。加上書法家的點墨成金，有王羲之的俊逸有緻，顏真卿的筆力遒鍊，懷素、張旭的狂草飛揚……除了這些絕世之作，尚有文人畫家，不談他色，僅以墨分五色，在黑白濃淡乾濕之間，用勾勒、渲染、描繪出一幅幅無限江山、一朵朵寒梅點點、一張張松濤隱士，寓意其中，形成風格即人格的書畫，揮灑筆墨淋漓盡致，可見它們在中華文化上的重要性，否則可能導致板橋的蘭竹失色，大千的荷花無墨可潑，甚至金庸的武俠無天空可舞，余秋雨無文化可旅，故宮也不會那麼精彩，碑林也不存在了。

其實無論書寫工具是如何進步實用，筆墨在中國文化上的價值，及其生動自然的氣韻，逸興酣暢的情趣，是絕對無法取代的。

輯二・情在

思親更在斜陽外

時間雖然會使人淡忘許多感情、事情，但是，父親的身影同我刻骨銘心到永遠。

記憶中離開重慶時，父親站在台階上挺立良久，舉手揮動向我們道別，直到我們從車子的後窗，看不到他越來越小的身影為止。他不停地揮動右手，是否已有預感，此次生離竟是死別？相信他是極為不捨的。

我們遺憾在成長的過程裡，沒有他的參與。卻有一張著軍裝的放大相片掛於堂中，濃眉下含笑的眼神，時時俯視我們的歡笑悲傷，關心我們的生活學業。尤其是他至愛的妻子，母兼父職，艱辛勞苦地撫養兒女成人。

我們從未向父親舉行過追悼儀式，盼望心中的夢能成為真實，總會有一天，就如有些隔離多年的親人，突然出現在眼前，悲喜交集抱頭痛哭。母親每年總是在父親生辰那天，準備了可口的壽麵，每個兒女慢慢咀嚼吞嚥下，是對父親長長的思念，是母親久久的等待。

幼時有次隨父母從湖南返回四川老家過年，遇上車禍。

搭乘長途客運車，車子大多行走於崇山峻嶺之中。我們全家均在前座，我在父親膝上，母親抱著弟弟。不知為何，煞車突然失靈，幸虧司機機警將方向盤盡力轉向左方。右壁全是巨石山岩，撞上去可能車毀人亡，甚至粉身碎骨。左下方是層層水田，車子一個倒栽葱，車頭直插入其中，父親與我剛好坐在車門的旁邊，後座的旅客，突然全部被摔往前面，驚慌地唯恐車子爆炸，為顧逃命爭先踐踏破門而出。父親怕我受傷，雙手環抱護住我全身，只得由他們踩其肩背而過。

父親被眾人推擠出車門，仆倒在稻田裡，當隨員找到他時，已滿身泥濘，懷中尚緊抱著已不省人事的我。母親用手上的一個金戒子向農家換取一碗薑湯，灌入我口中，我記得當我甦醒時，已在救護車上了。

那年過年，我們困居在小鎮上一家旅館內，行李無處尋覓，時值隆冬臘月，我的右肋骨折斷，所幸父親、母親與弟弟則是皮肉之傷。全家都穿著白色衛生衣，烤著炭火，度過一個與眾不同的歲末。

當時雖然懵懂，但年紀越大越能體會到父親的愛，他是以性命來保護我，真正領悟到

「父母愛我們如命」這句話的深意了。

記得抗日戰爭剛勝利，運輸工具不足，還都南京的工作人員，需分批回京，父親與我們是較早到達的一批。那裡尚有少數日本軍人等待遣返回國。街上行人稀少，有次父親帶著我行走於家居旁的中央路上，迎面而來一個穿著陳舊日本軍服的士兵，面帶悽愴，神情畏怯，見到父親軍階，兩腿立即並攏，先行軍禮，然後碰咚地一聲，雙膝跪地叩頭不已，父親抬手示意他起來，他依然伏地不起，眼中盡是哀求，嘴裡喃喃自語，不知是在懺悔還是求饒，以為父親不知要如何整治他了。

戰爭使人變得喪心病狂，日軍在侵華戰爭中，他們的獸行、暴行，令人髮指，實在是無法饒恕。日本當時曾囂張的說：「三個月就可以滅亡中國。」結果淞滬會戰，中國軍民浴血苦戰，在上海就打了三個月。雖然日軍取得勝利，付出的代價也甚慘重，傷亡人數亦有五萬之多。中國不但粉碎了日本的狂妄計畫，並爭取時間，運送出大批戰略物資及廠礦機器，為日後的長期抗戰做準備。

一九三七年南京經歷了日本軍人毫無人性慘無人道的「南京大屠殺」，長達數星期之久，受到大規模的屠殺、活埋、搶掠、強姦，南京城被火燒掉三分之一，被害人數多達二十萬至三十萬之眾，慘不忍睹。這些日軍侵華的殘暴罪行，豈是南京人能忘得掉的血海深仇？當時只要是見到日本軍人，不是上去吐口水，狠狠地摔上兩巴掌，就是拳打腳踢。

事後父親喟嘆，戰爭只是少數有野心與私心的日本皇軍份子，侵略他國殘害他人的行為，而大多的日本軍人，被灌輸了錯誤的愛國思想，成為助紂為虐的工具，自食惡果，不但禍國殃民，更使中國及東南亞各國人民遭受到無窮的災難，可見誤導是多麼的可怕，尤其是領導者與執行者，慎思之。

父親一生戎馬倥傯，活在他們那個動亂的時代，從無寧日。能與家庭相聚亦是來去匆匆，更別說和妻兒長相守。唯有抗日戰爭勝利後，在南京的那段日子，方能享天倫之樂。相信亦是他一生最快樂幸福的日子。

父親公餘之暇，總愛帶著我們去瞻仰中山陵的莊嚴肅穆，敬仰　國父天下為公的無私，述說明孝陵的風雲史，訪棲霞滿山紅葉情，聞玄武十里荷香醉，探烏衣巷內尋常百姓家……至今我常夢迴金陵，裡面總有父親的身影。

在家時，父親喜歡閱讀常吟詩詞，撫拭他得自孕育山川靈氣的雞血石、田黃等印章，觀賞臨摹名家字帖。他的書房是我們孩子的禁地，尤其是書桌上的文房四寶更是碰不得。有次我趁他不在，從其書櫃最下格，抽出一本《精忠岳傳》，內裡有一頁岳母將「精忠報國」四字刺在岳飛背上的之圖畫，吸引住我，其中許多不識之字，用猜的方法跳過去，倒也津津有味地看完全書。然後向父親請罪。他告誡我下不為例，同時問我看懂了多少？我結結巴巴地講出來，結果是他將我不明之處，解說給我聽。還對我解除禁令，書櫃最下格的書我可以任意閱讀，不過看完一定得還原。

從《精忠岳傳》開始，又讀了《文天祥傳》、《浮生六記》、《老殘遊記》等書，尤其是《蜀山劍俠傳》引人入勝的奇幻神妙，甚至使我想去峨嵋山修練劍法得道成仙呢！雖然書中有些地方不甚了了，倒也算是讀了一些不同類型饒富趣味的書籍。後來才看四大名著，唯有對《西遊記》、《水滸傳》有些段落較有興趣。

父親喜歡聽京戲，而他工作的單位，經常定期有名角演出。他總帶著我，父親是聽戲，而我是去看戲，如童芷麟的〈大劈棺〉身段表情，言慧珠的〈鳳還巢〉秀麗動人，馬連良的〈空城計〉如諸葛孔明再生；程硯秋的〈鎖麟囊〉別樹一格的唱腔，加上身軀微胖，我就更不懂欣賞了。父親有閒就會捧著一本有唱詞的大戲考，跟著收音機唱上一段，似乎是他極大的享受。我與大弟也會哼幾句〈蘇三起解〉、〈四郎探母〉、〈吳漢殺妻〉裡面的戲詞。而〈販馬記〉中崑曲吹奏的演法，是我認為最好聽的曲調。而梅蘭芳的〈天女散花〉則在國民大會堂演出，十分轟動。

父親下班後，常經過新街口，總會買些糕餅點心回家，看到我們小嘴吃個不停，眉宇之間盡是滿足。有時他出差視察回來，我們曾嘗到又香又甜的新疆哈密瓜，又紅又大的台灣西瓜，睡過冬暖夏涼的西藏牛皮。父親到那裡去，他都會記得給我們帶來愛的禮物；也給了我一個充實的童年。

父親對我們的教養相當注意，上飯桌吃飯，是需奉行「食不言」的規矩，筷子、碗盤要輕放，喝湯不許出聲音，膳後碗內不能留飯粒，盤中不能有剩菜。還解釋「鋤禾日當午，汗滴禾下土，誰知盤中飧，粒粒皆辛苦」，讓我們知道農夫的艱辛，要懂得惜物、惜福。

有次過年，母親用南京的織錦緞，替我與妹妹各人做了一件小棉襖。父親大表反對，認為女孩子穿小花棉布襖又溫暖又可愛，再合適不過，我們織錦緞的棉襖，只得逢年過節喜慶時方能穿上身了。父親要我們從小養成樸實的習慣。平日我與弟妹大多穿布鞋，那時的皮鞋都是硬梆梆的，他認為布鞋輕便又舒適，不妨礙孩子正在成長的腳。可見父親對我們的關懷備至。

父親的軍旅生涯，我們知之不詳，尤其是早年。是從他的同學、同事、朋友、部屬的口裡、眼中、與記錄裡，漸漸得知。

父親十九歲在四川法政專門學校（四川大學前身）就讀時，已頻頻參加學生愛國運動，恥中國之積弱，憤軍閥之專横。畢業後，深知非革命無以圖存。決心投筆從戎，加入黃埔軍官學校成為革命軍。

後來一直在華北河南等地區，擔任抗日救亡宣傳與國民軍事訓練工作，甚有績效。七七事變之時，河南國民訓練軍之成績，被列為全國之冠。

父親再入陸軍大學深造，曾在六戰區，遠征軍負責處理軍務及幹訓工作。勝利前父親率軍在湘西與沅陵一帶，阻擊日軍進攻，抱著抗日必勝的決心，奮戰到底。

父親有位黃埔同學，曾參加淞滬之戰，在回憶錄內寫到父親「為人狷介，處事謹慎，才思敏捷，談吐風雅，使我心折。」「當時他已是所謂的『京官』，家鄉地方上的人物，總找關係來斡旋。他一向秉公辦事，絕不循私。」

父親一生廉潔，勝利後他身兼三個單位的主管職位，每個單位都配給他一部車，一個司機，而父親僅取其一，以免浪費公帑。

他於一九四八年被選為國大代表。母親曾在北京的大學唸過書，亦被湖南家鄉提名為國大婦女保障名額的代表。父親堅決不贊成，認為這個位置應該讓給別人去發揮。

多年前，我曾在夏威夷，遇見父親的老同事邱伯伯，亦是他同期同學，談起與父親在一起的過往不勝唏噓。稱父親書唸得好，頭腦清晰，做事認真負責，組織力強，大家開會討論事務，多由父親作結論。

父親的部屬對他很尊敬，常提起受其栽培與關照。有兩位跟隨父親多年的部屬，曾記錄下有些關於父親的往事，寄交母親讓我們這些兒女知道父親的事蹟，留住記念。

我們知道父親年輕時，即滿腔熱血，想為國為民奮鬥，投身革命參加北伐與抗日戰爭。在公務上盡責努力，為人處事廉潔謙讓，生活簡樸勤奮。

我們感恩有這麼一位好父親，雖然相聚時短，至今仍受到他的言教、身教的影響。像生活習慣與愛好，喜歡逛書店，愛觀賞文物與戲劇。秉持著父親真誠待人，凡事盡力而為，過著知足常樂的日子。

時代雖已改變，人們的目標、理想亦不同。雖然那個時代已成過去，人物大多已隨時間逐漸凋零，但是他們認定「吾土吾民」，保家衛國是職責，以堅強的意志誓死抵抗侵略，決不為亡國奴的精神是永恆的。這是中華民族用鮮血寫下的抗戰史，這是中華民族用生命譜下的壯懷激烈。

似乎他們一個一個仍然挺直腰桿向我們揮手道別，依稀聽到他們還在唱著：

中國一定強，中國一定強，
你看那民族英雄謝團長，
中國一定強，中國一定強，

你看那八百壯士孤軍奮鬥守戰場
四方都是炮火，四方都是豺狼
寧願死不退後，寧願死不投降
我們的國旗在重圍中飄蕩
飄蕩　飄蕩　飄蕩……

偶然與必然相會

人世間，有些事似乎真是預先安排好的。

去年整理家裡的書籍，準備去蕪存菁，只因到處都是書，書齋已成書災。書，雖然是我夫婦倆的最愛，但是到了該放手時，也應該學習捨得。整理書齋首先從本予存了幾十年的書下手，他可是很緊張地一再叮嚀，這些舊書裡有許多好書，有的還是絕版，可不能扔掉；還有登載了他文章的書也得留下。這麼一來，我只得一本一本翻閱，拖長了整理時間。不過，在翻閱之間，真是覓得了不少「顏如玉」、「黃金屋」，也顧不得腰痠背痛了。

最奇妙的是讓我發現了一本菲律賓三民主義青年團直屬區團部，為慶祝第四屆青年節發行的紀念特刊。這本特刊出版於中華民國三十六年（公元一九四七年）三月廿九日。在第一三五頁上有本予的一首詩，那一年，他十九歲。

「都逝了，古老的愛」寫的是有關菲律賓的歷史，中國人林阿鳳率軍攻打馬尼拉王城內之失敗事跡。

翻到特刊最前頁，是先總統　蔣公中正肖像，全副軍裝，英姿煥發，為全國三民主義青年團的團長。後面幾頁是長官題詞。我居然發現父親的名字也在其內，令我大為驚愕！怎麼可能？起初以為是看錯了，或是同名同姓，經細查之後，原來父親當時在三民主義青年團負責組織方面的工作。

事隔六十一年之後，居然能與父親的題詞，在時空地點如此遙遠之際相會，真是不可思議，難道這就是「必然」？難道這就是本予所說的「上帝的安排」？他年輕時查考聖經，希望對他未來的配偶有所啟示，獲得的經句是哥林多前書二章九節所記：

神為愛他的人所預備的，是眼睛未曾看見，
耳朵未曾聽見，人心也未曾想到的。

這已註定了父親與他的翁婿之緣。

發現父親的題詞後，如獲至寶，立即影印數份寄給弟妹紀念。父親的家書，皆因抗戰、內戰、顛沛流離而失散，留下的手跡甚少。父親字體剛勁端凝，疏密適中，曾被譽為儒將。題給特刊之詞為：

金鐘一鳴　青年之聲
黃花鐵血　華夏同春

回憶幼年，他老人家要我練毛筆字，常寫的字有：「由儉入奢易，由奢入儉難」及「謙受益，滿招損」等，為人處世智慧之語。當時不懂其中深意，豈知父親已將人生哲理，融入字句之中，作為我們將來面對生活行為的準則。父親教導我們寫字，首先需坐得端正，執筆有力，全神貫注地練字。可是小時候，根本不用心，字常常寫得出格，心裡還嘀咕為什麼要寫這麼多筆畫的字？而大弟的塗鴉，經常是手上、臉上沾了墨漬，我們大多時只為應付父親而寫。以致於今，寫字全無章法，實在慚愧。

見到父親題詞，悟到雖然歷史在不停地循環，生命在無常中運轉，而愛不會因生離死別而隔絕。父親與我們深遠密切的親情也沒有終點。

這讓我意味著，偶然是人生必然的過程。

楓紅時節

在中秋節的前兩天，離開滾滾塵煙的馬尼拉，隨著本予到北部工作地方。有閒就幫著整理一些書籍，一邊收，一邊順手翻翻看。

驀地，我的眼光，停留在那張全是楓葉的圖片上。右角下有一顆老樹，向左邊伸展開去，枝椏上掛滿了一簇簇紅豔豔的楓葉，除了遠方有幾許綠意，襯著落日的餘暉，整個畫面蕩漾出燦爛光芒，像盛滿了醉人的酡紅，也像是綴上了片片丹心，那麼淒豔，壯麗。

似乎，又回到多年前，金陵近郊的棲霞山，仍是那一片扣人心弦的丹楓下，站著一個氣宇軒昂的中年人，手裏牽著一個大約七、八歲的小女孩。褐黃色的頭髮紮成兩根細辮子，辮梢還繫著紅毛線編成的蝴蝶結，穿著一件藍布小花的夾襖。緊緊依偎在父親身旁，仰首聽著父親吟出：

「停車坐愛楓林晚，霜葉紅於二月花。」

就在這兩三年之內，這一大一小的身影，隨著日子，穿梭似的進入歷史的崇山峻嶺中，探幽訪勝。

站立在巍巍的鍾山上，俯視雨花台前的六朝煙雲，靜聽秦淮彈出千古哀怨，遙望燕子磯下，萬里江山總是愁。再回首玄武門厚實的城牆，仍然阻擋不了朝代變換的風雲。拂過莫愁湖前柳絮飛花，沉浸在十里陣陣荷香中。

小女孩，早已兒女成群，但彷彿還聽見：「這河山有我們的歡笑，這大地有我們的血淚，是我們生長的地方，是我們生命的源流，需用血來灌溉，用愛來培養。」

而結果是父親終於以自己的生命為活祭，獻在民族的祭壇上。

歲月雖然過去，我知道那景象，卻永遠深藏在小女孩心田中，不時取出流覽，回味……

夕陽山外山

七月底赴美探望母親及兒女，母親已屆耄耋之年，身體還算健朗，只是已不良於行了，老人家生性豁達，毫無忌諱地談論她的身後事。小弟想她安息於加拿大；小妹希望她永留在臺灣；而居住在夏威夷的大弟，那裏也預備了一塊墓地。

母親卻交代她百年後，願意火化，骨灰撒於山巔水涯。大家不敢在她面前掉淚，內心卻都酸楚不已。她認為，生命遲早會到達終點，不如事先交代清楚，以便兒孫好安排。

昔日農村社會，世代居住家鄉，親情濃得化不開，離世後，一定要葬回故土，否則魂魄依然要飛越關山而返。現今卻是變化急劇與繁忙的工商業社會，有些人隨著工作轉換而遷徙，生活的地方，即為家鄉，鄉土情結已趨淡漠。尤其是生長於國外的華僑，數代後缺乏華文教育，及受環境的影響，在他們的心目中，中國只不過是個國名，是祖先輩來的地方，由他們來掃墓祭祖，恐怕將是荒涼逐漸淹沒了墓地，先人都為無關的陌生者。

母親這一輩，大多歷經戰亂，飽受顛沛流離之苦，大部分的生命流逝於動盪中，等到能安定時，皆已體弱多病，整日與藥瓶子為伍，老友多凋零，兄弟多棄世，絕少能夠享受到親友共聚、含飴弄孫的溫馨與樂趣了。唯有自求多福，守著滿室的清寂，替子孫們祈求平安如意，歲月增長了鄉愁，思念總牽掛在兒女身上。

這長期漂泊的一群，他們的家究竟是在何方？是黃沙滾滾之處，是巴山湘水之畔，是煙雨濛濛的江南，是僑胞的出產地——閩粵之鄉，都飄離戰火斑斑的海棠葉，齊聚在鄭成功驅逐出荷蘭人的寶島—臺灣。最後又飄向不同種，不同文的異國，在他人房簷下，終究缺少了歸屬感與安全感。猶如大雁飛離故園，無法復返，永遠失鄉在外。長懷「處處是家，處處不是家」的唏噓！他們承受了時代的苦難與悲哀。

近年來，有些人大去之後，灑脫乾淨地採用火化之途，將肉體還原於塵土。正如聖經上記載：「我來自塵土，必將歸於塵土。」葬禮過於形式化，實在是種浪費，僅只為了活人安心而已，身後的排場，不如生前的親近。

多年前，菲華僑社，一位品德俱佳，對僑社具有鉅大貢獻的僑領，有「白髮人送黑髮人」的喪子之痛，當他親眼目睹，在焚化爐內愛兒的遺體，砰！一聲，被烈焰燒得粉身碎骨，這對悲痛已極的老父，實在是太殘酷了！他立即暈倒在爐前，旁立的親友們亦淒然淚下，這幕令人驚悸地情景，至今印象深刻。

婚後移居菲島，有時午夜夢裏，居然夢到母親棄世而去，內中情景，使我有椎心之痛，不禁痛哭失聲，淚濕枕巾。雖明知人生如過客，但兒女遠行，親恩難報，孝思難盡，已經愧疚不已。怎捨得再讓母親，瞬息間消失在火光中，徹底與我們隔絕。

親愛的母親啊！您多保重，願您增壽益健，令我們歲歲年年都能佩戴紅色的康乃馨於胸前，領受母親那永無止竭地真摯深愛。

喚不回的母親

「姐！媽氣喘得十分嚴重，幾乎無法呼吸，已送醫院急救了。」

今年正月初，在夏威夷接到君妹台北的來電，正與三兒在一起，不覺淚流滿面，真怕失去了母親，又趕著訂去台北的機位，情緒恐慌紊亂。三兒見狀就與我一同禱告，並讀了《約翰福音》十一章來安慰我。真是奇妙，那不止的眼淚就此打住了，心情也漸漸平靜下來。

到台後至醫院，母親已被搶救過來，醫生告知是心肌梗塞，情況尚算穩定，但已需靠胃管進食，呼吸亦得氧氣幫助。出院後精神不佳，不太愛講話，經常坐在輪椅上面無表情，我們常常逗她講話，怕她喪失了記憶，高興時會回應一、兩句，我們的名字也還叫得清楚；有時則是茫然望著對方，似乎與我們距離得那麼遙遠。

正月底是母親的生日，她又住進醫院，好友浣蕙在那天，特地準備了一個生日蛋糕來為她老人家祝壽，我們多麼希望這不是母親最後的一次壽辰了。浣蕙也勸我要有心理上與其他準備，她的母親已於幾年前去世了。明知道這是無法避免之事，但是內心就是不能更不願接受，因為有那麼多地不捨哦！

另外一位友人，知道我們為母親的病情揪心，安慰加上感歎地說：「你是有福氣的了，至今母親尚在，還可以有媽可看，可叫，而我小時候即成孤兒，無爹、無娘，可喚啊！」聽得我心內陣陣絞痛，眼淚不禁都要奪眶而出，究竟我還有多久的福氣能叫聲親媽？

六月二十二日，母親又入加護病房，醫院已發病危通知給家屬，但一星期後她以頑強的生命渡過了難關，在病床上昏睡時多，有時還會輕微發燒，可無法說話了。當她醒時，總是以滿溢喜悅的眼神望著我們，我不時用手撫摸她平滑寬闊的額頭，與那稀疏銀絲般的頭髮，緊握那雙瘦骨嶙峋的手，掌心傳來的溫熱，讓我進入母親心靈的深處，接觸到她對兒女不止竭的愛，那是我們生命的源頭啊！可是卻握不住她漸行漸遠的精、氣、神了。

我們終於失去了母親，七月二十四日下午五時，成為真正的孤哀子，孤哀女。父親的英年早逝，是我們家庭不願觸及的痛：而母親的去世卻是子女們無法承受的痛。回憶她數十年對兒孫輩的深恩厚愛，兒女成長各自遠行，不但未能承歡膝下，還要勞累她周遊各家，有時還幫忙照顧晚輩，令我們永遠懷念深感愧疚，豈能不痛哭失聲了。

母親自幼極受外祖父母寵愛，為了使兒女能夠受到更好的教育，外公就將她與大舅由湖南送至北京念中學、大學。婚後與父親鶼鰈情深；從未見他們之間紅過臉，講過一句重話。結婚之初時值抗戰軍興，全國一心抗日，人民熱血澎湃，父親早歲即為革命投身軍旅，一生戎馬倥傯，母親卻是隨著當時的戰況，前方、後方，拖兒帶女的奔波，甚至還得用網籃攜著父親喜愛的書籍逃難，經過八年艱苦的抗戰，使母親由一個備受娘家呵護的女兒，及丈夫無限疼惜的妻子，磨練得堅強獨立，父親常稱許母親令他無後顧之憂。

勝利到來舉國歡慶，我們與許多其他家庭一樣，享受到團聚和天倫之樂。以為從此就是太平歲月，豈知烽煙又起，還得遠離家鄉與親人，加上父親的驟然離世，兒女都年幼，對母親的打擊不啻晴天霹靂，她卻強忍悲痛含著淚水，勇敢地站起來，為我們遮風避雨，果斷地挑起重擔，至國營公司上班到退休。

她是慈母兼嚴父，除了注意照料我們的身心健康之外，管教相當嚴格，學業亦不放鬆，兩個弟弟的代數、幾何，就是由她督促打下了基礎。身上的校服都是整齊清潔，每雙球鞋洗刷得乾乾淨淨，可口的便當總是令同學想要分享。

我們姐弟感情融洽，每天晚餐桌上，大家都爭相敘述今天學校、班上，發生的趣事，然後唏哩嘩啦地笑不停。母親總是在旁輕聲笑罵：「成什麼樣子？父親聽到了，一定會說『食不言，寢不語』。」那裏像是沒有父親的家庭，父親不僅活在我們的心中；也是活在我們的生活中。母親平日教導我們為人處事定要腳踏實地，認真努力。尤其她在一九六一年受洗成為基督徒後，找到了「耶和華是我們的幫助、依靠，力量從祂而來。」

「凡勞苦擔重擔的人，可以到我這裏來，我就必使你得安息」。令她對生命的觀照，竟又是另一種態度了。

母親六十華誕時，在壽宴上，父親多位好友均來祝賀，其中一位已身居要職的將軍，卻堅持要向母親下跪叩頭，表達他的敬意，感激母親為父親含辛茹苦的將我們養育成人。使得在座眾人不禁熱淚盈眶。固然他本性情中人，對故友知交情深義重；另外恐怕是更能深刻體會到，做為一個保國衛民軍人的妻子是多麼的難為，同樣地要付出多大的犧牲。

我們雖然喪失良母，卻相信上帝在天上為母親準備了美好的地方，那裏沒有了世間的勞苦病痛煩惱，將來到那日，我們是會重相聚。可是如今只有仰望穹蒼，聲聲呼喚，母親我們好想念您啊！

（寫於紀念母親逝世一月後）

懷念母親的詩

一、從不哭泣的傘

年輕時奔波
母親不哭泣
　唯恐
在戰場上穿梭
　父親　憂
中年時辛勞
母親不哭泣

只怕
被功課追趕
　孩子　苦

老年時病痛
母親不哭泣
顧慮
謀生四方
　兒孫　愁

如今　暴雨酷日
缺少了晴雨兩用
那把
　從不哭泣的傘

二、夢母

您在寧靜的時空裡
我在人世翻閱真偽

期盼於剎那
緊擁不逝的慈愛

撫摸重現的溫情
讓夜的思念　長長
垂釣　片刻慰藉

您的終點
是我悲痛的起始
只得任由　枕巾

收留　傷心的流落

後記：

母親逝世於去年七月二十四日。期盼夢裡常相依，但僅得兩次。首次夢中印象模糊不清；再次情景分明，我攀登上高山，母親立於一亭中，中年時裝束，著無袖藍色繡花旗袍，長髮披肩，慈顏藹然，手上尚握有長形皮夾。我立即緊擁母親嚎啕大哭，而慈母之手，撫慰我肩頭良久。醒後淚濕枕巾。

二〇〇三年七月一日

三、山水情——思親恩

爹是山
娘是水
幼時樂山且樂水
成長搠盡波心柔
而今

山遙

水遠

路永隔　問蒼天

無晴

無雨

難忘桂花香

在菲國多年，始終沒見過桂花樹，聞過桂花香。雖然家中小院不乏花紅葉綠的植物，總想有株枝葉茂密花香淡雅的桂花樹。無數金黃細粒的花兒，攢成一簇簇，掩映於綠葉叢中，置於中國磁缽內，縈繞清香不輟。正如易安居士在《鷓鴣天》內所謂：

暗淡清黃體性柔，情疏迹遠只留香。
何須淺碧深紅色，自是花中第一流。

有時去附近花圃流覽觀看，花朵總是熱情洋溢，姹紫嫣紅，充滿熱帶風情，極為悅目。限於地理環境與氣候的影響，此地是無法適宜栽種出四季分明的花、樹，如故土的梅花、蘭草、桂樹等花草樹木的賞心之作。

悅目之美使人眼睛發亮，討人歡喜；品味賞心之美，則需一顆有靈性的心，感其神而非僅其形。

中日戰爭勝利後，我們舉家隨著父親的工作還都南京，父親素喜蒔花除草，先在後院掘一小水塘，蓄小魚數尾，圍繞修竹叢叢，靠近屋前修築成凹字形花壇，栽種不同種類花草，壇角兩邊各有金桂、銀桂一株，一年四季都有花香可聞，花姿可賞。

父母接外婆從家鄉來團聚，共享天倫，外公於抗戰初期已過世。外婆是典型傳統婦女，勤儉敦厚，外公是她的天，母親與舅舅是她把他們捧在手心裡養大的。待人慈和寬容，對家裏的長工丫頭從未嚴詞厲色。外婆暮年，母親遠赴他鄉，舅舅遭難，他老人家竟是出嫁的丫頭接她去養老送終，這是母親永遠的椎心之痛。

在我們家時，外婆總愛擺把藤椅坐在露台上，看著院內花木蔥蘢，晒著溫暖的陽光，外婆皺紋的臉上含著笑意，手裏卻是不停的衲著鞋底。她與父親都認為小孩子穿布鞋最健康，輕柔舒適，不會妨礙傷害到兒童成長的腳。

到了中秋節前後，滿院秋光秋色。茶几上擺滿了月餅、柿子、菱角、栗子，都是我們這些小孩愛吃的食物，大家依偎在外婆身旁，喜歡聽她講民間傳說，道掌故。等到月到中天分外明之際，嫦娥奔月、玉兔搗藥、吳剛伐桂就從她輕聲細語中流瀉出來，印証圓月中變幻的影像，暗香浮動的桂花，沁入肺腑！已分不清今夕何夕，天上人間了。

那幾天金桂成串成串開得很茂盛，幽香四溢，令人醺然，不過花謝得也快，相傳月中有桂，人間的桂花是來自天上。有「天香」之稱。天上賦與它們的生命就是為了洒盡天香落世間，使其點染金秋的風華。外婆就讓工人輕輕地掃起來，檢選出乾淨完整的金黃花兒，用繡了花的紗手絹，包成數包，再紮上紅色毛線繩，分給我們置於枕旁，令大家都有一枕香夢到天明。

每次去大陸、台灣，都會攜回摻著桂花的食品，如桂花棗泥、桂花糖、桂花茶，甚至桂花藥膏，以慰思念。親友見我對桂花如此眷戀，建議不如帶株桂花樹來菲國栽種，可是想到植物進出口都需要經過檢疫，有夠麻煩，又不願將如此清雅之物，不循正途，受屈藏於衣箱內，私自入境，只得作罷。

妹妹體會我的桂花情，買了幾瓶桂花膏給我帶來，以備不時之需。每當煮芝麻湯圓、甜酒釀，總得滲上一小匙，淡淡的桂花香，融入芝麻的甘香細膩，酒釀的甜醇滑潤，蘊含於口、齒頰留香，令我回味無窮，心滿意足了。

大姨媽的悲哀

數月來，印尼因為政治經濟紊亂，有人故意藉機引發各地排華運動，暴民毫無人性的搶掠燒殺，政府一再隱瞞實情，推諉責任。真為當地華人感到恐懼及擔憂，世人也為它們憤慨悲痛不已。

這種情況對我來說，更是感觸良深，也讓我憶起了大姨媽的往事，與她不幸的遭遇。大姨媽是母親的堂姐。母親娘家使用大排行來稱呼，全部堂兄弟姐妹按照年齡順序排列，母親比大姨媽小些，人稱「二姐」。

小時候常愛念一首兒歌：

金銀花十二朵，大姨媽來接我，
豬打柴，狗燒火，
貓兒煮飯笑死我。

這首兒歌活潑生動的將動物「擬人化」，將農村生活方式，有趣的深植在兒童心內。受了這首兒歌的影響，在我幼小心目中認定了我的大姨媽，也該是個充滿鄉土味的村婦才對。

頭一次見到大姨媽，是在對日本抗戰勝利後，還都南京時。她皮膚白皙細膩，五官輪廓分明，身著剪裁勻稱素色旗袍，一頭微帶棕褐色頭髮，波浪卷的垂在雙肩，風度優雅，笑吟吟的伸出手來拉住我，仔細的看，慢慢的問。而我卻是驚愕地，望著這個像西洋畫片上的人兒，答不出話來。她怎麼會不是頭上梳了個髻，臉帶溫厚靦腆笑容，從手上拎著的花布包裹，掏出黃澄澄的大橘柑；香噴噴的糯米糕來。與我想像中的大姨媽，竟然是完全對不上號呢？

大姨媽是帶著她唯一的兒子（我的表弟），到南京來辦理出國手續，要與因戰火分離數年，遠在印尼的大姨爹相聚。大姨爹是印尼華僑，與大姨媽是上海著名大學的同學，他在校內鋒頭極健是足球校隊主將，而她也是數一數二受人矚目的「密司」，當時他們的結合在同學中相當的轟動。本想婚後雙雙赴英深造，誰知日本侵華戰爭爆發，整個國家民族陷入生死存亡的關頭，一切計畫皆成空想。大姨爹其後亦因怕印尼發生戰亂，匆忙的趕去探視父母，就此失去音訊，直等到勝利後才連絡上。

在辦理各樣的手續中，大姨媽每日清晨起來，先在客房的前廳，作一回柔軟體操，然後再捲起舌頭——清朗的朗讀一段我聽不懂的「英格利西」。原來她竟是中學的英文老師呢！有時我也會跟隨大姨媽去探訪她的同學，其中給我印象最深刻是位身穿「陰丹士林」旗袍的女士，烏亮的兩根大辮子盤在頭頂，氣質大方使人自然而然想親近她。她不但鋼琴彈得悠揚動聽，歌聲亦是婉轉輕柔，總與大姨媽邊彈邊唱藝術歌曲及中英文聖詩，常常聽得我捨不得離開他們家了。

那時童年憧憬的大姨媽已漸行漸遠，我卻被眼前這位豐采動人，明亮好看的大姨媽深深吸引住。加上她又會講洋文，唱洋歌，不但令人感到新鮮，還可以很得意的向同學誇口呢！（當時年紀小，未能體會中國人經過八年浴血苦戰，終於獲得最後勝利的那種狂喜振奮的心情，使得人人歡欣無比，以為日後將是國泰民安了。何況大姨媽能與失散多年的丈夫重聚，愉悅之情溢於言表，更添風華。）

數月後大姨媽終於帶著表弟飄洋過海去了印尼，大家都為他們慶幸，總算是闔家團圓。兩三年後大陸烽煙又起，我們家也由南京、重慶，到了臺灣。雖然與大姨媽失去連絡，總以為她應該是過得不錯吧！

有時母親會談起她們一同在北平唸貝滿中學的情景，後來又因為選擇一南一北的大學而分開。也得知大姨媽與母親小的時候，外貌均得自外曾祖母的遺傳——高鼻大眼，髮色偏褐。曾經常被人追在後面叫「黃毛丫頭」的趣事。知道有關大姨媽的一切，就只有這些了，雖然猶如陳舊的照片，倒是挺喜歡隨著母親的思緒去翻閱。

多年後有次去看母親，她交給我一封厚厚的信，裏面幾張照片，是位中年男子的生活照，輪廓極為熟悉。母親才告訴我：那是大姨媽的兒子，我們曾經在南京見過面，如今在香港行醫。他輾轉打聽到母親的地址，寄了這封信來，方知大姨媽已去世好些年了，也概略的述說他們以往的情形。

他們母子二人到印尼後，大姨媽曾在華校任教，後來因為鑑於當時印尼排華情況嚴重，感受在異國的生活，不但未有歸屬感，甚至身家性命隨時受到威脅，決心回到自己的國土，自己的家園。偏又碰上愚昧瞎搞的大躍進，加上鬧得天翻地覆的文革，她的地主家庭、海外關係、臺灣親屬、這些一連串的罪名，不但使她日子不好過，而受的苦難與折磨也就比別人更甚了。

表弟著墨不多提到他母親的死：「活得悲哀，死得淒慘」。短短的兩句話，包含了多少心酸。並謂為了紀念母親，現已從母姓，信內隻字未提其父。（事後據傳，大姨爹在印尼早已另起爐灶，亦生兒育女。）

他們的重逢，卻成了大姨媽最痛苦的意外，原來自己的丈夫，竟然也是別人的丈夫。長久的相思，苦苦的等候，一切皆變得毫無意義，咫尺卻成天涯，緣分已隨離別走到盡頭。她是不屑於接受殘羹冷炙，不甘願忍受真摯的感情受欺騙。毅然決然的回歸故土，可是殘酷的命運仍然沒有放過她，在她臨終前已是神智不清了。

如今母親提起了大姨媽，總是不勝唏噓的感到惋惜，倘若她是生在清平和樂的年月裏，就不會遭遇到這般的不幸與坎坷了。像這樣大動亂的時代，機遇稍差即逢磨難，成為永遠的遺憾。

過去老一輩的華僑，一生最大的願望就是光宗耀祖的「落葉歸根」。而今倡議華人應該「落地生根」融入當地社會，積極參與其政治、經濟、文化等工作。但是印尼一波又一波的排華事件，卻凸顯出這個值得深思的問題。在有些民主不彰，政治不修，人權罔顧的國家，「根」已無地可生，「葉」已無處可歸，真乃有何處是兒家的感歎與無奈！

這不僅是大姨媽的悲哀，印尼華人的悲哀，也許亦是東南亞無數華人的悲哀啊！

壽眉

女兒回來度暑假，帶她去ＳＭ購物，老伴有閒在家，加上想多陪陪女兒，只得無可奈何，隨著我們去「瞎拼」了。

經過樓上的美髮院，玻璃櫥窗乾淨明亮，佈置得整潔舒適，理髮師個個青春洋溢，女的白制服外面繫上一條黑圍兜，簡潔文雅，男的白短衫配上一條白長褲，清爽俐落。態度親切，顯得非常專業化。剛好老伴的頭髮也長過了警戒線，大家贊成他去理一個瀟灑漂亮的「髮型」，以免陪著我們去受苦受難。

到了約定時間，拎著大包小包走向髮廊，瞧見老伴，愁眉苦臉的坐在外邊長椅上。再看清楚，兩鬢削得極短已見髮樁，中央卻如剛收割後的稻田，更見稀疏，猶如變型的「龐克頭」，更令人吃驚是他珍惜的壽眉不見了！

他交代了理髮師，前後及兩旁稍微剪短些，就安心的靠在椅上闔目養神，慢慢沉入睡鄉。理完髮後，對著鏡子，才發現頭髮已經被修理得慘不忍睹，「怎麼把頭髮剪得這麼短？」年輕理髮師振振有詞：「是你吩咐剪短些的，這可是新式樣。」仔細端詳，眉毛像新開封的牙刷，根根一樣齊，又短又直，最可惡是連珍愛的壽眉也被剪掉，化為烏有，這下子氣可不是打從一處來，眉已太短已橫不起來。只得豎眼怒吼：「頭髮剪得太短，還可說沒交代清楚，只好自認倒霉！眉毛我可沒叫你修，你知道我留了幾年？為什麼要自作主張。」

年輕理髮師這下可傻了眼，大概只知道有人留頭髮，留鬍子，可沒聽說過有人留眉毛。又見老伴紅眉毛，綠眼睛真的上了肝火，大概小費也泡了湯。自覺罪孽深重，連聲道歉，囁嚅道出，他本想將老伴雜亂無章的眉毛，修得整整齊齊，看起來精神煥發，年輕幾歲，豈知剪錯了地方。

老伴念在他原本一番好意，也就不予追究，小費照給，只是少給了一點，以示薄懲。前幾年，老伴的眉尾，冒出數根特別長的眉毛，問他要不要修齊，他稱這是壽眉，可不能動，壽星的特徵就是長眉，有的人還長不出來呢！為了他萬壽無疆，也就樂得讓他的壽眉去隨風飄動了。

回家的路上，他還在痛心疾首，悼念他失去的壽眉：「真是冤枉！將我大好頭顱託付給這個毛頭小伙子，也不看看我年紀一大把了，不分青紅皂白，把我剪成這副怪模怪樣，成什麼體統。頭髮可以長得快些，那壽眉不知何時才重現？幸好最近沒什麼重要事務接洽，否則以何面目見人。」

他為了顧惜那日漸稀有的毛髮，禁不起隨便揮霍了，決定仍然回到王彬街的舊理髮室，雖然交通不便，設備陳舊，到底「人不如故」，還是老師傅的手藝高，合人心意。

第一次投稿

第一次投稿是在小學六年級，竟蒙中央日報兒童週刊採用，實在令我驚喜莫名。雖然沒有領到稿費，可也學習到一些功課，及引發我以後對文藝的愛好。

自少即喜閱讀，雜書看了一大堆，家裏規定晚上十時熄燈，只得躲在蚊帳內用電筒偷看。數、理、化，只是為了應付功課而親近，平日是唯恐避之不及。至今對數學，雖不至於搬手指腳指來數算，不過反應是相當遲鈍，認為管賬是最令我痛苦之事。

回憶當年，看見小朋友的作品，登載於報刊，十分有趣及奇妙，不管自己的東西有多幼稚，便也躍躍欲試，大膽的寫了一篇寄去，然後，一星期，兩星期，翻開報紙，有如石沉大海，沒有消息。經過一個多月後，已經不抱任何希望了。有天，卻突然發現我的習作，居然登了出來。簡直不敢相信自己的眼睛，再看仔細，作者確實是我的名字，見到自己的短文，被方形鉛字，排列得整整齊齊，漂漂亮亮，印在報刊上，那份興奮及歡愉，真不知該如何來形容。趕緊拿給全家觀賞，又去通知左鄰右舍的小朋友傳閱。從他們敬佩及欣羡的眼光中，頗有與眾不同的得意感。就很慷慨的應允，只要稿費寄到，就請大家吃牛奶糖，外加每人一碗紅豆湯。

於是，在大家的期盼下，終於收到一封蓋了報社名稱的信件。迫不及待的撕開，才發現通知單上的作品及作者，皆非本人，而稿費單上的數目，比我應得的多上數倍。非常奇怪，事隔多年，自己小文的題目內容，均已忘得一乾二淨，反而是別人名為「燈塔」的那篇，記得清清楚楚。它占了全版的四分之三，而我與其他人的作品，則是被排在左邊的角落上。所以他的稿費是最多的。詫異之下，推測大概是會計部門，套錯了信封，立即原封寄回報社，裏面附上一張字條，寫明情況與我的姓名地址，作品題目，請將正確稿費寄來給我。

豈知，這封信寄出後，卻真是像斷了線的風箏，音訊渺無，等了整整三個月都沒回音，才非常懊惱的告訴母親，並且很生氣地認為，怎麼可以如此不負責任，吞沒了我的稿費，早知這樣，就該不退還給他們。母親見我氣憤難平的模樣就開導我，她很高興我處理這件事的方式。如果因為別人的疏忽與錯失，令我留下了那張不屬於我的稿費單，豈不是我也同樣的犯了過失，心裏會舒坦嗎？不怕人家來查問嗎？最後，還嘉獎了我幾塊錢，讓我去履行諾言，請小朋友吃牛奶糖。可是紅豆湯，我可取消了，因為是母親給的錢，我可沒那麼大方。

以後走在人生的道路上，方才體會活得心安理得，無愧於心的可貴，而從文藝中獲得精神與心靈的享受，又豈是物質所能取代的。

包住你的人生

紙尿褲的出現，實在是比以前用尿布方便省事，不用洗滌，用後隨即可丟棄。但對長遠的環保來看，恐怕卻是弊多於利。有許多事物並非能以新舊論優劣的。

兒女嬰孩時，尚未時興紙尿褲，用的是白棉布或白紗布縫成四方形的尿布，輪流換洗再用。紗布、棉布，質料柔軟非常透氣吸汗，能減少嬰兒細膩的皮膚發生過敏及濕疹的情況，對炎熱的氣候再適合不過了。尤其是當嬰兒換上乾淨的尿布，撲上爽身粉，總是十分舒暢的模樣，有時還樂得露出純稚可愛的笑容，揮動雙拳小腿，口裏發出咿唔之聲。

用尿布最怕逢上連綿不斷的雨天，那時烘乾機尚未普通，不但房前屋後掛滿尿布，（似乎是甘為孺子牛的父母遍插降旗的宣告），還得動用電風扇，電熨斗，不停的趕工，才得以過關。不知是否受氣候的影響？或是心理作用，總覺得小傢伙尿濕的次數還特別多呢！格外使人手忙腳亂，在乳瓶與尿布中打滾的日子，方才真正體會到「養兒方知父母恩」的深意了。

去年母親摔了一跤，跌傷了坐骨關節，為使裂痕癒合，醫生命她吃、喝、方便，都得在床上進行。這下子可令極愛乾淨的母親受不了，尿盆坐不慣，總要時時下床來，大家先曉之以利害，如不忍耐，傷痕癒合不理想，就得去醫院動手術打鋼釘，那時才更痛苦。又加上妹妹遠道而來，專門為了照顧母親，對自己的女兒就不必有顧忌了，她這才勉強答應。

弟弟怕媽媽晚上不願驚動人，趕著去超市拎了一大包老人用的紙尿褲來備用，母親摸摸這些紙尿褲，無奈的嘆道：「唉！這多不透氣，想不到我這把年紀了，還得與紙尿褲為伍，真是返老還童了。」

的確是沒想到，從輕輕的一塊紙尿褲上，居然會看到了人生，竟然與許多人有始有終的發生如此密切的關聯。

兜在嬰兒身上，是充滿生命開始的喜悅。

繫在老人身上，卻是挽不住生命衰退的悲哀。

抹去海棠葉上的憂鬱

在雨季中，風訊的時節裏，卻有着夏日令人窒息的悶熱，和揮灑不掉的濡濕，幸好陣陣雷雨過後，透出了初秋的沁涼。

正是那夏末，略有涼意的早晨。上了飛機，你用那纖細白晳的小手，輕輕扣上了安全帶，緊抿微紅的唇角，掛著起飛前的緊張，清澈眼神向前直視，流露出勇敢神情。我伸出手臂，攬住你的肩頭，瞭解你決不會像初次搭飛機那樣，因氣壓影響到耳內不適，又哭又鬧，弄得父母不知如何才好。（不過，孩子，那時，你畢竟才三歲呢！）

你的日子，是跳躍在金色陽光下，蔭庇在婆娑椰影下，在平靜溫馨海浪中，被層層包圍在愛的雲彩中，吸取着混合文化的滋養，未識人間愁滋味。

對你來說，苦難的中國，距離是那麼遙遠，故鄉的景物是那麼陌生，只能從父母語言中，課本內，圖片裏，或者那來自故鄉——唐山人特有的氣質上，找尋到絲絲痕跡。繡綴成一幅縹渺美麗的織錦。未曾有過，馳騁在古風今雲之上，懷著滿衿遊子意，回首仰望那龍盤虎踞的鍾山，融化在煙雨江南一片柔內，聆聽巴山蕭蕭夜雨的淒清，渡過那源遠流長的長江黃河，站立在巍巍泰山之巔，彈起了歷史的琵琶，高歌一曲大江東去也！那種息息相關，血脈相通，刻骨銘心的感受，你是無法能體會到。但在你身上，卻讓我領悟到，歲月催不斷，時空切不掉，那強韌海棠的根，已植於我們的血肉，栽於我們的骨裏，代代相傳，繁衍下來。

為了養成你的獨立性，讓你自己填寫入境表格，當填到國籍一欄時，你堅持要寫上中國人，我解說：必須依照護照上的國家，來填寫你的國籍。緊皺雙眉，帶著滿臉不同意的表情，我趕快告訴你，中國是承認雙重國籍，將來長大後，可任你自由選擇。雖是一邊填表，一邊還喃喃念道：「我是中國人，我是Pure Chinese（純粹中國人）。」孩子，瞧著你的不豫之色，內心充滿了驚喜，剎那間，眼眶內不禁潮濕了。

驚的是，漂泊異域多年，有因格於形勢，或數代生長海外，不得不隨鄉入俗，認為只要心存漢闕，何況故國還在不堪回首中，轉換國籍是無可奈何。有的人甚至想盡了辦法，削尖腦袋，由裏到外，成為外國人，把傳統優美的文化，統統棄之如敝屣。

想不到，在你小小的心中，把做中國人，看得那麼神聖，那麼莊嚴，像姓氏一樣，豈可隨便更改，也正如天國的國民，被蓋上了戳印，那是一種特殊的榮耀啊！

喜的是，雖然移民異土，你更像是失根蘭花的小蓓蕾，卻還是讓海棠的脈絡，攀上了心田，希望你不但用心血來灌溉，更渴望以生命來孕育，使其茁壯、生根、發芽。抹去海棠葉上的憂鬱，煥發得欣欣向榮，生意盎然的葉葉相連，蔚成綿延不絕的深厚，散佈出亙古沉香。

輯三・品賞人生

君自故鄉來——觀青花瓷有感

這不是一場大規模的文物展，展出品也不是陳列於氣派十足的展覽室，可是在阿耶拉博物館右室內，從青花瓷流溢出來中華文化的光采，不但耀人眼目，而且發人深思。

一、絲瓷之路

中國特有的絲綢、瓷器，一直是中古東西方，海上與陸路貿易的重要商品。陸路運輸以華麗輕柔的絲綢為主，故西漢張騫出使西域，開闢的「絲綢之路」，至今馳名於世。

海上貿易，則以實用精美的陶瓷為主。船舶裝載，容量既大，且不易破損，因而九世紀後半期，陶瓷即大量外銷至日本、朝鮮、東南亞、波斯與非洲等地，明鄭和曾先後七次下西洋，所到之處，都以絲瓷換取當地的特產及贏得他們的友誼。

西方現在尚以中國之名，來稱瓷器（China）。由此可見陶瓷外銷的鼎盛，與其影響之深遠，不但帶來經濟上的效益，且對東西文化交流，產生了巨大的貢獻。因而有的專家學者，將其併稱為「絲瓷之路」，以概全貌。

二、青花瓷之起源

景德鎮「青花瓷」成熟於元末，由於東西海運活躍，瓷器在國外廣受歡迎，為應市場需求，其造型、紋飾、色彩、顯然受到中東美術之影響（尤見於元青花瓷）。

鈷藍料——青花的色劑，有進口自波斯，也有國產的。白瓷藍繪，明快清雅。

青花瓷在明代二百七十五年間，未曾中斷燒製，已成明瓷主流。早期出品尚餘元代遺風，後因技藝精進，畫風演變；以及帝皇的喜好，形成各個時期不同的風格，達到更高的藝術境界，令明青花瓷多采多姿，大放光華。

三、青花瓷的命名

青花瓷的「青」字，用得極佳，如以「藍」代之，涵蓋與層次不及。

「藍本出於青，是可染青之草，一染則藍，再染則青。」故有「青取之於藍，而青於藍。」之說（荀子・勸學）而青色向來頗受中國古文人的青睞。如：

「湖上青色翠做堆」——蘇軾

「潮來天地青」——王維

不勝枚舉。而後周柴世宗，竟然御批命令製陶的人燒出：「雨後天青雲破處，這般顏色做將來。」而製陶人居然能巧奪天工，將大自然變幻莫測的美妙天色，凝聚於各種不同樣式的瓷器上，成為古今中外令人讚嘆之作。

因而青花瓷亦隨著詩文意境，顯得天地開闊蘊涵無限。

四、展出物件

展出品皆出土及打撈自菲律賓。數量以十五世紀中葉與十六世紀較豐。作品有元、明及越南。越南出品無論在用色、花式、品質，實難與元、明相比。元之青花瓷，數量雖不多，但淳厚中兼豪放，富有強烈的生命力。

明佔過半數，青花瓷至明已臻登峰造極，宣德時量多質美，堪稱黃金時代。成化時淡雅柔和，技藝精湛。嘉靖、萬曆時青濃艷麗閃紫，款形特殊。真乃各領風騷。

五、貼近生活的民窯出品

在菲律賓發現的元、明青花瓷，應屬民窯作品。官、民窯之分始自明洪武，官窯專為皇室燒製御用瓷器，不供外銷。而元之青花瓷則無官窯民窯之分了。當然此類出品區分亦得經專家鑑定。

民窯產品雖不如官窯嚴謹細膩，但因不受拘束，益顯生動質樸，真正表達出人民靈魂深處的情感。

展出品中每件各有特色，各有不凡的遭遇，它們雖然經歷了海葬、土埋，有幸得以重見天日，雖然看夠了世代滄桑，人間冷暖，依然是義無反顧甘願為歷史作見證，靜佇玻璃櫃內，展現出元的氣勢，明的氣韻。以其無比魅力令世人傾倒。亦無視於現今已貴為蘇富比競價的對象，收藏家心目中的上賓；仍猶如久居他鄉的老華僑，總是惦記著——故鄉老屋前那株寒梅是否開了花？

後記

室內參觀者，有菲律賓人、西人、印尼人甚至為了青花瓷展，特別組團來此。那種專注仰慕的神情，實在值得為中華文化自豪，期盼以後常有如此良機，讓在外的炎黃後裔，亦能多來親近華夏藝術之精妙；面對歷史活動的真實面貌。最難得當是與古文物相交時，那種心靈契合的悸動，也引發了為失去祖宗那麼多的智慧結晶品，感慨萬千了。

我們有多少國寶，被巧取豪奪的收藏在別的國家？在大英博物館？在巴黎法國國家圖書館？

為了領略漢的威儀，恐怕得去韓國；看唐的絢爛，卻要在日本。而唐太宗的「昭儀六駿」，其中的「颯露紫」，「拳毛騧」這兩件千古絕寶，亦被偷盜到美國費城大學內展示。更遑論敦煌藏經洞內，大部份的絹畫和經卷被盜賣了，還有那莫高窟愚昧的王道士，居然將一室寶貴的變文史料，論斤賣給異族。那真是一個「敗家子」的時代，不但賣掉了自尊，輸掉了土地，更失落了國格。

所幸慘不忍睹的近代史，已成過去，現今兩岸均是重視國家瑰寶，珍惜文化遺產。台北故宮博物院，所藏僅為古物精萃之一角，已是美不勝收。北京故宮亦在重新整理，且不惜重金購回文物。而海外的有心人也在做相同的努力，讓蒙塵的中華藝術重現風貌。

像全力支持此次展覽的菲東方陶瓷學會，前任會長——莊良有女士，素來對維護中華文化，不遺餘力，為了更上層樓，親至英國倫敦大學研讀考古及陶瓷學。舉辦此類展出，極富專業藝術性，不但耗時費力，尤其珍品保護不易，除非基於特殊的民族感情，恐怕是沒有人願意來承擔。

中國歷來不乏民間收藏家，他們對文化的貢獻，及艱難相傳下來所費的苦心，實在令人欽佩。像明代范欽的「天一閣」等，如非其後代與各藏書家積極獻書，《四庫全書》或許就不會如此的完全，而上海博物館若缺少了民間文物的捐贈，雖能卓立一方，也不會如此光采奪目了。

文化的形成，非一人一時之功，集各個時代累積而成，現在即是將來的過去。如今我們正處於重振家聲的重要時刻，不但要保護文物，恢復民族優秀傳統，同時亦需積極爭取流落異邦的文化遺產歸回。

但願此次青花瓷展，僅是個開端，冀望日後會有更多的生力軍，將我們燦爛悠久的歷史文化，承繼與發揚，似長江黃河般波瀾壯闊，不息的向前奔流。

與靈魂共舞的演出——觀雲門舞集〈水月〉有感

得知雲門舞集在馬尼拉CCP演出，著實興奮。

素來敬仰林懷民先生為了熱愛現代舞，不畏艱苦，堅持投入其理想，於一九七三年創立「雲門舞集」，帶動了台灣現代舞的表演藝術。一開始他的目標是以中國人編舞、中國人的樂曲，跳給中國人看。像前期的《薪傳》甚至《白蛇傳》等舞劇，就是通過現代舞的方式，反映本土文化精神。現在經過多年的歷鍊追求，擷取東西方的特質，創造出他獨一的風格。跳上國際舞台，讓全世界人觀賞，受到極大讚譽。正如「香港明報」所寫：「雲門的成功是台灣人的驕傲，中國人的光榮。」

《水月》是其「西方中有東方」，「古典裡有現代」的經典之作。舞劇中雖沒劇情，卻觀照出對生命的意涵。靈感得自佛偈：「鏡花水月畢竟總成空」。以太極導引的動作與氣功等注入舞蹈，太極本由無極而生，陰陽分判，動靜虛實，回歸到自己身體的意念，吐納呼吸融入舞姿，釋放出內外的能量，讓觀眾感受到與靈魂共舞的氛圍。

《水月》舞者的入場、離場，猶如太極拳的起式與收式，凝神貫注，動作沉穩寧靜，群舞時舞姿各異，整體動勢呈現互相呼應和諧的美感，雙人舞和單人舞是動靜交錯，剛柔並濟，演出渾然一氣，讓觀眾屏氣靜聲注視舞台上，似游龍，如驚鴻，時而輕柔婉轉，時而凝重低迴的舞姿與神態。以舞蹈外在的強烈視覺表現內在精神，具體與抽象並存。配上巴洛克時代的音樂家巴哈的無伴奏大提琴組曲，低沉幽緩，流瀉出的質感，天衣無縫。再加上舞者在舞台上輕輕撥動潺潺水流聲，濺出晶瑩剔透的水花，與後幕上矇矓的鏡片光影，交織成一片似虛似幻的景象，那種富有哲理詩意的境界，怎能不讓觀眾沉醉其中，也難怪觀眾掌聲不竭，「安可」聲不斷。

這是一場令人震撼難忘的演出。

從水月中可以發現林懷民先生對現代舞如何的傾心，而「雲門」卻是他實現願望的樂園，與他已融為一體。如今我們處於東西交會的時代，「雲門」由傳統創新的舞蹈中，使得人生的醇味更堪咀嚼。林懷民以其三十多年的精華歲月，全然貢獻給了藝術，獨立支持舞團，豈是那麼容易，其中的艱難、辛酸、寂寞，唯有自知。而人生有時的變化甚至比戲劇舞蹈來得還突然，然而他以無比的毅力與不懈怠的努力，終於讓世人讚嘆他們驚人的成就。

正如柏林國際《芭蕾雜誌》讚道：「這個舞團與世界新舊現代舞團相較，不僅並駕齊驅，甚至有超越之勢。」

在此向這位現代舞台上的巨人——林懷民先生與雲門舞集的成員，喝采致意！期望他們永遠活在觀眾的掌聲中。

微笑的彩俑——漢景帝的地下王國

每次去台北都有所得！尤其在文化藝術方面，書店內各類書籍之豐富，令人目不暇給，使人留戀不已。

這次匆忙趕去台北，為了探望君妹病情，在醫院的來回途中總是心情沉重。融弟見我鬱悶，知道我喜歡參觀文物，告知有個展覽——「微笑的彩俑」，是關於漢景帝的地下王國。由聯合報系與大陸漢陽陵博物館和其他單位聯合主辦。他就上網找地址、時間，在七月一個炎熱的星期六下午，將我送去歷史博物館，「遇見中國最初的微笑」，轉換一下心情。

一、發現漢陽陵

西漢景帝葬在「陽陵」，位於陝西省咸陽平原，陵園佔地約十五平方公里。一九九〇年春天，為了修築西安市通往新建國際機場的公路而發現。沉睡於地下二千多年的漢景帝的地下王國始得重現人間。漢陽陵的出現，震驚世人。

基於文物保護的原則，為避免開挖後，破壞保存環境的穩定性，至今中國尚未特意去挖掘帝陵或后陵。如秦始皇驪山陵地宮等，除非有萬全之策。

同樣此次漢景帝之帝陵與王皇后之后陵，亦未開掘。陶俑、文物，是由「從葬坑」、「陪墓坑」出土，人俑出現了秦俑未曾見過的面帶微笑的女俑、世界最早的宦官形象、守衛未央宮的禁衛軍團、代表六畜興旺可愛古樸的馬、牛、羊、豬、狗、雞數量龐大的家禽，此外還有大量的陶倉、瓦當等建築物的模型或構件，以及食器、飾品、燈具等生活用品，不勝枚舉。這些都表現了漢代生產技術的進步，人民生活富足自在。

漢陽陵是迄今發現最完整的西漢帝陵，經考古學家分析，認為是模擬再現漢代長安城的佈局，是西漢王朝縮影。

秦漢當時的喪葬觀念是「事死如生」。不論天子、諸侯、老百姓在地下也要享用如生前。帝王更是要將人間一切的權勢，榮華富貴都帶入陵園。漢武帝在位五十四年，修築他的「茂陵」就未曾停過。漢景帝修建「陽陵」二十八年，比起其子武帝並不算長，據說為了修築帝陵，就得耗費全國的收入三分之一。真是可觀。

二、文景之治與其影響

文景之治是中國歷史第一個承平富饒的時代。

漢高祖劉邦，楚漢相爭，雖然打敗了項羽得天下，卻是「漢興接秦之敝」。秦末漢初經過戰亂，天下初定民生凋敝，十分窮苦，被飢荒逼到「人相食」的慘狀。而文景兩帝，奉行黃老治國之術，無為而治，對內勸農、重農、輕徭薄賦，和實施教化；對外繼續採取與匈奴和親政策。休養生息，恢復元氣，使得國家安定富裕，人民生活充足無憂。

經過文景兩朝的安內攘外的政策，當時的情況據史書記載「太倉之粟陳陳相因，充溢露積於外……」到漢武帝初期，國家已呈現空前富足和穩定的基礎，他方能施展其雄才大略，成就豐功偉業，使得漢家天下能長達四百年之久，亦是當世全世界治理最好的國家。同期羅馬是歐洲最高文明所在處，卻無法與漢朝相比。

三、漢俑之生動精緻

秦俑與漢俑之差異——漢陽陵的年代，距秦始皇陵只有七十多年，兩者陶俑的差別卻是極大。秦兵馬俑身高一百八十公分，雄壯威武，陣容嚴肅整齊，面帶肅殺之氣，線條銳利；漢陽陵武士俑僅約六十公分，只有秦俑的三分之一，面容沉靜祥和，線條圓潤且帶微笑。秦兵馬俑鎧甲服飾直接雕塑於身體屬「塑衣型」陶俑；漢陽陵陶俑裸體身上，穿戴衣服鎧甲與配件，為「著衣式」陶俑。秦俑為粗胚完成後直接上色，即入窯焙燒，顏色易消失，出土後成褐色；漢陽陵俑是經首次窯燒後，在著色經二次入窯烘烤，彩繪色彩緊密，不易脫落。由此可見漢俑技術已比秦俑更進步，已能燒出不同色彩、表情，動態各異精緻的作品。

龍城飛將——出土的男、女騎兵俑，左側挎劍，隨身帶有弓弩和劍箙，身著騎士絲質服裝，腰部配戴絲質錢包和水囊，騎棗紅色木雕戰馬，維持跨騎的姿勢，兩腿呈半圓O字型，強勁有力，緊夾馬腹。他們飛躍生動的英姿，栩栩如生。證實了漢景帝為了對抗匈奴，已經訓練了驍勇善戰的騎兵隊伍。

正如唐代詩人王昌齡讚美西漢抵抗匈奴的飛將軍李廣之詩句「但使龍城飛將在，不教胡馬度陰山」。

四、中國最初的微笑

漢陽陵發掘出大量彩繪陶俑的微笑，看到早在二千多年前，佛教傳入中國之前，我們已經有了「中國最初的微笑」。比起達文西的名畫「蒙娜麗莎」神秘的微笑，吳哥窟巨石上雕刻君王悲憫的「高棉的微笑」，更久遠而溫潤。

凝視微笑的彩俑，見到那種從心靈中綻放出來的美，舒緩輕鬆的神態，從容動人的笑容，領悟到人民的幸福，在大有智慧的君王治理下，善用天道與人道合一，因勢制宜，成為令人嚮往的歲歲年年。

因之班固很肯定「孝文恭，孝景遵業，五六十載之間，至於移風易俗，黎民醇厚」。雖然歷史由於時空環境或觀點角度的差異，往往有不同的評論，但是漢陽陵的發現，證實了「文景之治」，在中國歷史的長卷中，畫上濃墨重彩的一筆，令人難忘。

正如亞里斯多德名言：「美，比歷史更真實」。

茶語花香

從來不懂得品茶，但是，我愛喝茶，尤其是自泡的菊花茶。在報章上看到，泡菊花茶來喝，可以明目清肝，消火氣。憶起小時候，每當夏天，母親總會泡些金銀花茶、菊花茶，來為我們解暑。

長居炎夏之地，也就常常泡菊花茶與家人同飲。味道清淡溫和，孩子們喝了幾次，全無興趣。倒是我漸漸喜歡上它，尤其加上一小撮香片、或龍井。白瓷壺傾出的茶水，色如琥珀，上面浮現數朵素淨的小白花，茶葉坦然舒展開來，凝視杯中，收攝遠自故鄉來的茶語花香，持杯良久，不捨啜飲。

懂得喝茶的人，認為這種摻雜的泡法，實不可取，失了茶的原味。正如會喝咖啡的人，只喜濃黑咖啡，不摻糖加奶，免得感覺不到那種苦澀中的香醇。

我家戶長，喜喝水仙、鐵觀音，也專管泡功夫茶，因為怕我只顧色與香，而輸了味道，糟蹋了他的好茶。

看他泡功夫茶，可真是費功夫。先要用沸水將所有的茶具燙熱，包括紅泥小茶壺，小茶盅，茶盤等等。茶葉放入壺中，沸水一沖立即倒掉，第二遍沸水，留壺內大約一分鐘，傾入茶盅，方可品茗，泡第三遍以後，就得再換新茶葉了。喝茶時，得慢慢一口一口吮啜，隨著咽喉直下丹田，清芬歷久不散，俗塵盡消。

可是我這個俗人，眼見泡茶人折騰了半天，我一口一杯，雖然齒頰留香，有些過意不去，加上舌拙，不辨茶味，不如留給他獨自去享受吧！依然大杯喝我的菊花茶，配上精緻的綠豆糕，香軟的糲糬，又解渴，又清涼，暑氣全消。

品茶是一種藝術，不但與茶葉、茶具、水質等等有關，連心情，對象，環境都受影響。茶藝傳到日本，成為他們誠敬慎重的茶道。中規中矩的喝抹茶註，儀式繁複勝過對茶本身的品味。缺乏中國自然瀟灑的境界。

對於茶藝之道，所知極少。但認為領悟那一口好茶的妙處，則非閒情逸趣，心無塵囂不可。

品茶雖不能至深山茅廬，松林奇石下，卻可在雪花紛飛的冬日，室楹寂靜，古拙的花瓶，插上一剪紅梅，散發出清幽的芬芳，映著雪花，好茶一盅，一卷在手，非紅樓即聊齋，書中人物，彷彿都陪伴在側了。

瀟湘夜雨時，三兩知己，天南地北，促膝談心，以茶代酒，不知天色將明，不覺輕寒已邈，友情充盈其中，滿室溫煦。

中國的茶，使人留戀，佳茗濃釅甘甜，花茶溫純清香。

註：日本抹茶——用具繁多，以小刷子刷如綠茶粉末於磁缽中，入口有青草味。

氤氳茶思

一、茶與神話

在台北的書局，未能找到需要的書籍，頗為失望。隔日即將回菲，早上航空公司通知，班機延誤至晚上。憑空多出半日，鼓起餘勇再往妹妹住家附近的內湖百貨公司，碰碰運氣，意外地，在附設的敦煌書局內，發現了喜愛的數本著作，真乃不虛此行。

至地下街食堂，準備果腹後，直奔桃園機場。經過售茶促銷攤位，一位身著短裙，打扮得十分現代化的少女，遞上一小紙杯，湯色清澈，略呈杏黃色茶水。並解說是用流傳已久的古早秘方，源自大陸藥簿，經採集各地珍貴草藥，製作而成。不但提神益思，且能保健防疾。

原本，無意嘗試此類推銷式的飲料，卻對「古早味」三字引發了興趣。豈知，入口微苦，回味甘津，頓使我沉浸在古老遙遠感人的神話中。

據傳說：「神農嘗百草，日遇七十二毒，得茶而解。」

神話並非完全憑空而生，自然有其產生的環境與人文背景。在江南產茶地區，流傳一則「神農與茶」有趣的故事：神農天生有個奇特的肚腹，吞嚥下任何食物，如同照X光，立即被透視得一清二楚。當時，先民尚未知燧木取火，炙烤食物，都是生吞活嚥，使得腸胃經常不適。而神農為了解除大眾疾苦，就以自己的腹內為實驗室，來分辨植物的可食性，及其醫療作用。

有次，當他發現一種開著乳白色花朵的矮樹，一簇簇翠玉般的嫩葉，散發出淡淡幽香，試吃之後，葉子在其肚內，不停的翻動，有如在做腸胃檢查。最後，將其內部異物與毒素，盡都清除，全身舒泰，他就名之為「查」，後來又被人稱為「茶」。

唐代陸羽《茶經》謂：「茶之為飲，發乎神農，聞於魯周公。」可見茶之源遠流長，與中華文化息息相關，茶水藥用，亦顯示先民以農立國，與大自然抗爭的艱辛。

古代中國神話始自最早盤古開天闢地，女媧煉石補天，共天怒觸不周山，夸父頑強逐日……至湘妃灑淚成斑竹，白蛇被鎮雷鋒塔等等。內容不但包涵了民族堅毅奮鬥的精神，亦有生死不移的浪漫情懷。

百姓雖然歷經天災人禍，過著坎坷流離的日子，並未怨天尤人，仍以溫柔敦厚之心，代代相傳敘說出，對天地日月的感戴，對山川人物的深情，天上人間皆如此悲壯淒美。成為現實與理想的緩衝地帶，慰藉了生活的缺失。生命的無奈。也豐富了我們文化風采。

終於買下了一罐「古早茶」。硬塞進已不堪負荷的手提袋內，帶回來慢慢啜吮杯中——

片片神話
葉葉沁香

二、茶具，茶香，茶名

進入茶莊，多數人是為了選購茶葉，而我卻是兼以觀茶具，聞茶香，讀茶名而至。

茶具

好茶好水，一定要有好茶具，否則，泡不出澄黃碧綠的茶色，留不住醇郁芳香的茶味。

宜興紫砂：渾厚的一把把泥土，竟能捏成如此古拙有致，淳樸中隱含紫色衿貴。

景德青白瓷：淨瑩柔和，細緻淡雅，只合擺設於精舍几案之上，怎忍將其沖燙得遍體鱗傷。

千姿百態，造型優美的茶具，不但提昇了品茶的意境，而且是創作者以自己的心血，揉入大自然的泥土，火土相融，煉為藝術的結晶品，盈握在手，清趣無限。

茶香

為了選購乾菊花，乾茉莉，摻於茶內，誤撞入批發茶肆，成筐成籮盡是茶葉。頓覺籠罩在綠茶的清芬；紅茶的馥鬱；花茶的芳香內，整個人寬鬆舒坦，天地一片清明。

自此購茶，一定先聞其味，再定取捨，尤喜內含蘭花之高雅幽遠，菊花之淡泊甘涼，茉莉的鮮爽清靈，桂花馨醇濃郁。真乃「茶引花香，花增茶味。」

茶名

最愛瀏覽茶罐外，標上的茶名。好的茶名，不但有畫龍點睛之妙，且有置身於綺麗風光的太湖，奇峰突兀之武夷，煙波浩瀚之洞庭，重巒疊霧的雲貴高原……令人遐思飛揚馳騁在遼闊的想像草原上。

大紅袍：原本為喜氣洋溢的紅袍。上面頂上一個大字，立即變得集功名利祿於一身，官僚氣十足，有著唯我獨尊，盛氣凌人之勢。

鐵觀音：觀音豈能有一副鐵石心腸，冰冷的模樣。不如瓷觀音清淨嫻雅，泥觀音濃厚的鄉土味，更具親和力。

碧螺春：清明前，雲煙飄渺的碧螺峰上，群群輕盈活潑的採茶姑娘，以纖纖素手，採擷下，香霧凝聚，含綠隱翠的嫩芽。將碧螺的嬌柔，春日的菁華，流駐在人們的舌上，喉間，心底。

沱茶：面如堅實黧黑的老農，佈滿歲月與經驗醞釀成的善良。頂著烈日，懷著慈心，奉茶給在人生旅途上奔波的過客。勸君暫停足；且待稍息後，將行更遠路。

君山銀針：好似一大俠，經年苦練銀針暗器藏於君山。一日強敵環伺，隨手輕颺，銀針盡出，眾敵皆亡，是謂功成。日後君山出產之茶葉，均堅挺勻齊，有如銀針。

中國文字之豐盈輕巧，無與倫比。

三、購茶

亞華基金會第二次至北京敬老，行程安排得十分緊湊。臨別前夕，方能擠出一點時間來購物。

趕至最鄰近「友誼賓館」的商場，進入一樓，團友中兩位「嗜茶者」，立即被玻璃櫃檯內，擺滿品種繁多的茶葉吸引住，挪不開腳了。其他團員，則至別的部門，選購些小禮物送人。不久即聞：「謝謝光臨，明日請早。」一聲聲催客的廣播聲。

當大家在出口處匯合時。只見那兩位「茶客」面泛得意之色，眼露喜悅之光，手拎著大包小包的茶葉，購得了，武夷岩茶之冠——大紅袍，安溪名種——鐵觀音。歸來後，可慢啜細品，來自故鄉靈山秀水的好茶，感受「塵心洗淨，興難盡。」的餘甘不絕。

可是，經品茗後之結論，大紅袍雖非冒名頂替，卻已減少了昔日味釅甘活的獨特韻味。連貶三級，發配至邊疆。鐵觀音亦不及以往清郁香遠，只得謫為平常女兒身。

其實，人們的選擇，有時僅憑外表的名氣和包裝，來認定其內涵，難免誤中副車，令人有憾。

雲南見驚喜

自從得知世界園藝博覽會將在昆明舉辦的消息，就決定要去參觀，終於在九九年九月八日飛到了雲南。

那是父親在世時，一心想在退休後前去養老的地方。那裡有二戰時為突破日本封鎖線，犧牲無數生命，在崇山峻嶺中用血淚築成的滇緬公路，以及飛越駝峰航線的基地，那裡有人才輩出的西南聯大，那裡有銀蒼玉洱的美景及少數民族的多彩風情，還有風光秀美的麗江和古老的東巴，再加上世博園的姹紫嫣紅……

這樣的地方怎麼能夠不去拜訪？

誰知到了雲南，短短緊湊的十天內，雖是走馬觀花，給我的卻是一個接一個的意外驚喜，山川太美好，蘊涵太豐富，實在有應接不暇之感，難怪受到世人的欽羨，甚至覬覦了。

一、滇南美景

赴雲南本以賞花為主，不過旅行社安排先去參觀滇南的阿瀘古洞、九鄉與石林，當然是客隨主便，跟著他們的旗子走，結果是眼界大開，不虛此行。

神奇的石林

石林位於昆明東南八十六公里，因「千仞壁立，群峰嶙峋，宛如一片蒼莽壯觀的森林」而得名。為典型的喀斯特（溶岩）地貌，大約距今二億多年前，由於蒼海桑田形成奇異石峰，匯集成氣勢磅礴的石林，被稱為「天下第一奇觀」。彝族支系撒尼人居住於此。

進入路南山區的道上，兩旁已見不少奇峰怪石，有幾處猶如成群的牛羊放牧在青草叢中，或昂首、或低俯、或依偎，溫馴而悠閒，彷彿與藍天遙望，和白雲對話，同大地相親，好一幅生動的野趣圖。導遊小姐大概看我全神灌注，貪看窗外景色，認為這些石塊太過平常，未能突出石林特色。

「這才開始呢！後面還有更多好看的石頭。」

殊不知這樣的畫面，已使我不勝依戀，那份悠然安寧，正是世間多少人所失落的。

一進石林，就被迎面而立的石排震懾住，峰峰崢嶸挺拔，根根蒼勁豪邁，似乎都受過非凡的軍事操練，軍容鼎盛士氣軒昂，在展示上天的神威。又如撒尼族的好漢們，高高舉起粗獷有力的石臂，向上天祈求風調雨順，人畜平安，並稱頌賜給他們這一片獨一無二的鬼斧神工之地。

沿著小路向前，處處皆石景，曲徑通幽際誤以步入仙境，峰迴路轉時疑入諸葛石陣。進到石林深處，不可思議的出現一池明淨的清泉，令人想到無論其外表如何堅毅剛強，最珍貴卻是那顆深藏在內溫柔而善良的心啊！

由池邊攀援而上，舉步維艱的爬上狹窄的石徑，為了照顧險象環生的足下，兩旁妙趣橫生，精巧別緻的石花、石鳥、石獸等等，都只得向他們行注目禮，未能細心觀賞。見一處石桌石凳沿峰而置，我們這群散兵游勇趕緊歇息（後來才知此處竟是反清起義軍的指揮所），據說洞內尚存有首領的龍床。最後，終於停停歇歇，登上了最高處的「望峰亭」，環顧四周，奇景俱陳眼前，萬峰攢列，豪氣干雲，大家或坐或立於亭上，久久不願離去，個個都成了高瞻遠矚了。

石林是個能激勵人向上神奇無比的地方。

剛柔並濟的九鄉

如果說石林充滿了陽剛之氣，而阿嚧古洞則是陰柔婉約，洞內曲折幽深，各體形態相異的鐘乳石、石筍、都是經過時間精雕細琢而成，有如幽秘的地下宮殿，行舟於洞底地河，才明白何謂靜，何謂清。宛如置身大片明鏡之上，塵思俗慮俱滅。

而九鄉則是兩則兼備，它是以「雄、奇、險、秀」著稱，為雲南高原上規模最大的「喀斯特」（溶洞）。沿九折鋼梯盤旋而下，垂直度為一百二十米，有深入地心之感。憑欄俯瞰，驚瀑駭浪前呼後擁而至，人在其上真得步步為營，緊握欄干，唯恐如有閃失，就會隨波逐流而去。其間被分隔成一寬闊一較狹窄的雌雄雙瀑，完全無懼沿途頑石設置的層層障礙，有時迴漩翻滾而過，有時繞石蜿蜒而流，終於分而復合，立即糾結纏綿為一體，流水興奮得喧嘩，浪花噴珠濺白，好像在訴說離情，互道相思。洞壁內響亮的迴聲，彷彿也在為他們的重聚而歡呼。

原來山水竟是多情物，否則青埂峰下的那塊石頭，就無法鍾天地之靈氣了。

再往下走，「神田」奇景即現。據說在遠古的時代，好心的仙人怕當地人不懂得如何耕種水稻，會缺乏糧食，就本身下凡來教導他們，留下示範的田地，被感恩戴德的人稱為「神田」。田埂畦隴成不規則的盤形，依次疊列，經過洞穴內燈光的映照，有如金玉鑲邊，晶瑩閃亮。周遭水氣氤氳，真以為是到了群仙雲集的瑤台了，大家舉起相機，都想留下非凡的此刻此景。

再過去是白象洞的「雄獅大廳」，整塊光滑平坦巨大無比的石壩狀如穹形，內可容千人，寬敞清涼，旁有流水潺潺，為一座「洞內有洞，洞下有河，洞內有天」，令人忘返的洞天福地。在此唯有驚嘆造物主的偉大，世界的科技已經達到生物或許人類都可以「克隆」的地步，但是造作豈能比天成？

二、大理好風光

許多人對大理的印象是得自金庸的《天龍八部》，據說金庸寫此書時並未去過大理，他卻能將大理的事跡，描寫得如此真切生動，端賴其對歷史的研讀與豐富的想像力。

大理位於雲南北部大理白族自治境內，唐代的南詔國，宋代的大理國都曾在此建都，一度成為雲南政治、經濟和文化的中心，有眾多的文物古蹟，被譽為「西南的敦煌」。民族風情濃郁，白族以白色為尊貴，婦女服飾色彩明快十分美觀，建築物古樸玲瓏幽雅有緻，物產豐富，如聞名於世花紋細膩的大理石即產於蒼山，相傳於唐朝即開採作為造石像、石碑之用。

大理除了可觀的人文景觀之外，自然景觀亦盛，尤以上關花、下關風、蒼山雪、洱海月為最，被稱為「風花雪月」四景。明清多位名人奇士都曾漫遊這裡，民國的大畫家徐悲鴻也在此描繪大理風光，意大利著名的旅行家馬可·波羅亦在當地留下足跡。可見大理風光的魅力。

蒼山雄偉洱海遼闊

見到這一望無際煙波浩瀚的雲南著名高原湖泊——洱海，頓覺天地為之遼闊，胸襟為之寬廣起來。洱海為我國七大淡水湖之一，因形似人耳，氣勢如海而得名。從未見過，如此雄偉連峰疊嶂山巔積雪的綠色屏障——蒼山。南北走向長四十二公里，海拔均在三千五百米以上，共十九峰，兩峰之間各夾一溪流，傾注入海。

雖久聞銀蒼玉洱之名，當我面對時，才發覺自己先前想像中的印象，實在是太委屈了它們。蒼山半坡台地上，早在新石器時期，就有人類生息繁衍，與後產生的「洱海文化」，更蘊藉山的深邃，水的溫煦，與孕育出白族漢子的敦厚樸實，女子的嫻靜平和，水土和文化的影響，竟是如此重大。

向晚時分，乘舟離湖，薄暮為天空輕掩上朦朧，漸遠煙水茫茫的金梭島（據說此島曾有段王爺的行宮別墅），仰望仍然保留古代冰山地貌的蒼山，蕩漾在閃耀歷史波光的洱海上，真是好山好水，好時光令人醺然不已，與天地同聲息了。

但願蒼山永不老，洱海長悠悠。

文物豐盛的崇聖三塔

金庸迷如到大理未至崇聖三塔，那像是取得武林秘笈，卻沒有發現最後的絕招。

三塔位於蒼山應樂峰下，枕蒼山眺洱海，是大理白族文化的象徵，為南詔時期所建築頗具規模的一組佛教寺廟（原有崇聖寺已毀，即天龍八部內的天龍寺）現僅存三塔成鼎足之勢。其主塔千尋塔為唐代典型塔式之一。塔內於一九七八年曾發現有關南昭、大理時期，數量頗多的文物，為研究其歷史、宗教、文化寶貴的資料。

其東面照壁砌有明朝黔國公沐英後裔沐世階題寫的「永鎮山川」，氣勢雄渾的四個大字。如今早已物是人非，山川鎮不住，江山保不了，唯有為民謀福祉，文而化之乃是永存。

南北二塔立於主塔之後，建於宋代。不用樑柱斗拱等，為密檐式的八角形空心磚塔。三塔雖然千百年來歷經風霜，略顯孤寂，卻仍然風骨稜稜，昂然而立，固執為南詔世代，段家王朝的文物和風采作見證。

情深蝴蝶泉

大理的文風盛，僅以其地名即知。如崇聖三塔是在應樂峰下，而蝴蝶泉則是在蒼山雲弄峰下，幾個簡單的字句，就組成一幅令人動容的圖畫。

通過千百綠竹的石徑，披上一身竹影陰翳的清涼，走上三百多年前著名地理學家徐霞客，所著《滇遊日記》上記載五彩繽紛的蝴蝶，在此聚集的地點——蝴蝶泉。

我們顯然來得太遲了，無緣見到一群群千姿百態的彩蝶，在樹叢中翻飛追逐，或首尾相銜串串倒懸自樹顛，垂及泉面，花蝶不分，蔚為奇觀。不過今後想見到它們如此歡聚的景況，恐怕是不容易了。纖細輕柔的蝴蝶，怎堪得現今人聲的嘈雜，自然環境的污染，當然得另覓安寧之所，繼續去為萬紫千紅而生，為採蜜吮汁而活。

見到是方不大的水池，泉水奪罅而出，徐霞客所指的那株古老雙馨樹，仍跨池上，已無花似蛺蝶，亦因葉形似蝶又稱蝶樹，葉色青翠，隨著天光樹影的搖篩，倒映水中，疑真疑幻，蝶兒彷彿還在其間盤旋、棲息。加上一段淒美的傳說，使得蝴蝶泉更加動人了。

久遠以前有一對相愛極深的白族戀人，可愛的姑娘被兇狠的惡霸看上，兩人不顧他的威迫利誘，為了不願分離，雙雙自沉於泉中，達到他們同生共死的目的，死後化蝶，展開絢爛的羽翼翩翩飛舞於泉上。因此以往每當農曆四月中旬前後，蝴蝶盛集於此，當地群眾，尤其青年男女都愛在蝴蝶泉相聚，漸漸約定俗成，成為人間盛會。

那悲哀而執著的愛情故事與蝴蝶，也就隨著歲月一直縈繞在白族人的心中了。

可喜的紮染

人與人之間有緣，與物何嘗不是？一眼見到「紮染」就喜歡上它。

「紮染」是可以鄉土而不招人俗的藍色布料。不知哪年哪月哪日，有位白族心靈手巧富於美感的女子，突然發現從祖先傳下來治病的良藥板藍根，用手搓揉的汁液，滴在素白的棉布上竟然能浸漾出深淺不同的花樣。往後就按著一定的方式紮染出動植物圖案，多次浸入色澤獨特的天然染料板藍根中，紮捆之處不上顏色，晾乾拆去紮線，布上就顯現藍底白花清新古樸的圖案。

白族婦女聚集一起，面對一籮筐的紮染，話家常，談農忙，手隨心意的一針一線，將蝴蝶的翻飛，鮮花的綻放，枝葉的舒展，活生生都紮進了歲月裡，染上她們的好心情，那種與大自然相親自如的紮染，豈會不令人愛不釋手？

顧不得愈來愈沉重的行李，僅記起余光中旅遊捷克時，曾為了購紀念品鼓舞士氣所說的話：「昨天太窮，後天太老，今天不買，明天懊惱」。大作家講的話，該是有道理的，為了免去日後的懊惱，望著成疊藍在一堆的紮染製成品，先買件清爽的對襟上衣穿上，又替戶長及女兒各選一頂兩面可翻轉舒適的遮陽帽，最後，再買一塊藍得凝重而滿佈花草蝴蝶的桌巾。回菲後將桌巾當作床罩，鋪在女兒床上，滿室安寧祥和，彷彿「天天天藍」，別有一番白族風情。

吳哥回眸

終於在六月廿六日清晨，踏上去柬埔寨（舊稱高棉）的暹粒省之旅程，觀賞久仰的世界七大奇景之一的吳哥窟。吳哥是高棉帝國的首都。高棉帝國之興起大約於中國唐代之時，是統治了中南半島五個世紀的強權。其間用無數的石塊，建造上千座的廟宇佛塔，其中以大、小吳哥最為著名。吳哥王朝在十五世紀被強敵打敗後，都城遷到金邊，漸至沒落，隱退於叢林之中了。

吳哥窟被發現是在一八六〇年，法國佔領印度支那三國（越南、寮國、高棉）後，法國總督等人經過探索，尋找到此遺址。再經聯合國教科文組織在一九九二年將其列於世界文化古蹟。這座被遺忘了四百多年精彩絕倫的古城，才得以無比的魅力，重新在世人面前亮相。

小吳哥窟的哭泣

踩在用青褐色大石塊舖成的護城河的長橋上，遠眺五座被歲月磨練得深沉嚴肅的尖石塔，古意深長，形似劍峰直指雲天，頓覺跨越了時光，超越了現實，感受到高棉帝國當時國力鼎盛，傲立於世的霸氣。

隨著雨絲飄落，快速步入塔內，穿過沉重歷史凝聚的狹小間隔，光線暗晦，散發出抑鬱憂悶，恍惚吳哥王朝為了不捨往昔的光輝燦爛，仍然在此感傷不已。加上廊外雨聲淅瀝，室內彷彿也朦朧起來。

外邊長廊的浮雕牆上，刻畫出極為生動活潑的神話傳說，引人入勝百看不厭。如猴子軍大破魔王的故事，猴王驍勇善戰，率領猴子猴孫大顯神威，戰勝魔王，幫助大王奪回被魔王強擄而去的王后。其中猴兒們，個個舞刀弄槍，活靈活現的神態十分有趣。巧合的是西遊記中的齊天大聖孫悟空，保護唐僧去西天取經，是否那時他分身有術，一個筋斗十萬八千里，翻到了高棉來參戰？（吳承恩的西遊記寫於明代，玄妙之處，有待專家考證）神話與石頭真是有糾纏不清之緣，如中國的女媧煉石補天；孫悟空石破天驚；紅樓夢裡那塊大荒山的頑石，與天地、生命都能緊密相連，原來大自然和人類竟然是同為一體呢！

天雖然已經黑下了半邊臉來，警告大雨即將來臨，但為了貪拍小吳哥塔前一汪泓水裡美妙的倒影，寧願被雨滴追趕著跑，準時聚集在導遊指定的菩提樹下，等待他來帶領大家回遊覽車。豈知他卻杳無蹤影，任憑我們風吹雨打，濕透衣衫。尚有無名多腳蟲蟻，咬得我們其中一位文友腿上又紅又腫，幸好上帝保佑，擦藥後也就沒事了。

這場在大樹下偶然相逢的驟雨，雖然身軀遭受雨淋，心中卻滿溢溫暖，體會到風雨見真情的可貴。文友彼此關心照顧，唯恐旁人無法遮雨，甚至有人犧牲小我將傘讓出，自己頂了個大草帽被淋得全身濕透。另外有對夫婦，丈夫仔細呵護嬌小的妻子，彷彿在重溫往日浪漫情懷。

經過這一場爽快大雨的洗滌，回望小吳哥窟，更顯得清明平和，仰望長空揮灑出一道繽紛彩虹。

高棉的微笑

一進吳哥城（又稱大吳哥窟），迎面就是豎立在門樓上，像座小山的石雕四面佛像，除了力感與量感外，肅穆中有慈祥，樸素中有剛毅，這種中外俱然，從靈魂深處呈現出來的內涵與精神的創作，唯有嘆服古人極高的智慧與精湛的技藝。護城河兩旁欄杆各排五十座，善面與惡面的的石刻護神像，仍然在那裡地老天荒，堅定不移的守護著城池。諷刺的是其中有不少尊像，不是身首異處，就是殘缺不全。這樣珍貴的文物，如此際遇，豈不令人惋惜不已。由此可見人性的貪婪、自私與可怕。往往將不屬於自己之物，強取豪奪據為己有，導至引發仇恨、戰爭，釀成大災難。

城內中央的百揚廟，雖然建築架構不及小吳哥窟那麼嚴密完整，但覺坦蕩開朗，四周雖多斷垣殘柱，記錄下被摧毀破壞的經歷，由餘留下的石雕，依然反應出當時生活的面貌，長幅的壁雕以明快宛轉的線條，勾勒出戰爭、貿易、婚嫁、競技等等場景。由藝術表現出那種真實的動感，被引領入時間的深處，觸摸到其中生命的躍動，心靈的悸動，真是值得一顧再顧來親近。

攀沿而上至頂層，平台上的個個石塔，四面刻有石像，面容典雅渾厚，頗似唐代雕塑風格。每面俱以微笑面對世界，面對蒼生。莊嚴與慈藹，從容與寬廣並存。行在其中，意味到上蒼對世人的眷顧與喜悅，原來早已將「善」與「美」鐫刻在真實之中了。

吳哥窟驚世之傑作，融合了文化、宗教與藝術而成，是挖掘不完的石雕寶藏，見證了人類最高智慧的成就。

柬埔寨人幾百年來的遭遇，實在悲慘不幸，除了戰禍不斷，民不聊生，更加上赤柬波布政權（一九七五至一九七九）四年之間，屠殺近三百萬人，血流成河，屍橫遍野，慘無人道成為殺戮戰場。直到一九九八年波布死去，才漸得安寧。現今是百廢待興，尤其是人力極為缺乏，一切都落後於周邊國家。但是他們雖然經過這般浩劫，卻絕不頹唐氣餒，還是自信樸實，堅強自如的面對將來。相信不久，這塊被陽光眷念，雨水滋潤的土地上，一定會露出高棉永遠動人的微笑，挺立於世。

霜染舊夢寒——記沈三白與芸娘

沈三白緩緩地從大明湖走向歷下亭，斑斑白髮，低著頭，癯瘠的臉上刻畫出滄桑，單薄的青衫飄散出落寞。眼見衰草寒煙，盆盆金黃秋菊逐漸凋零，深秋的涼意直透心底。不覺唸出芸娘少時兩句詩句：

秋侵人影瘦，霜染菊花肥

憶起往日與芸娘在江南的日子，相伴「課書論今，品月評花」，共賞四季花草樹木變幻的喜悅。秋日，總愛插秋菊數瓶，每瓶一色，參差置於一桌，姹紫嫣紅，綠葉鎖新枝，滿室盡秋趣。穿戴芸娘針針密意縫的衣冠，嘗著她巧手烹飪的菜肴，再持螯小酌，身心俱被籠罩在暖意中。真箇只願長醉不願醒。

芸娘幼時就極聰慧，「學語時，口授《琵琶行》就能成誦」。倆人青梅竹馬，而三白非芸娘不娶。初婚時居於滄浪亭畔，陶情悅性，兩情繾綣，性情相投，癖好相似，彼此眼波、眉語，心領神會，一切情意盡在不言中。一起談古文之勢高氣雄，議詩家之精純灑脫，感賦調高語煉。加上她惜書畫，善刺繡，「瓜果蔬菜一經其手，便有意外味」，甚至為了取食與挪動方便，自製梅花盤，用六隻深磁碟，中置一隻，外置五隻，以灰漆黏妥，其形如梅花，一盒六色菜式。二、三知己隨意選取。且芸娘不時有奇思構想出現，令人不亦樂乎！偶爾亦慫恿她易裝出遊，共享美景，不亦快哉！

人生的際遇，雖有起伏、順逆，卻無法明白，像芸娘這般宅心仁厚謙和忍讓，懂得惜情、惜福之人，竟會遭遇到如此沉重的打擊與磨難。兩次她被迫搬離故居，豈因誤會幫助別人不得翁姑之喜，替人擔過、受累。第二次離去更是哀痛悲悽，病體羸弱，已是舉步維艱，幸得友人相助，願照顧其病，悄然離家。在萬分不捨之下，只得忍心留下兒女，甚至摀住小兒逢森之口，怕其哭泣，驚動家人，阻止離去。芸娘強忍心酸淚珠，真是肝腸寸斷，而後逢森夭亡，母子二人竟成永訣。女兒青君靈敏懂事，只得遠嫁親戚平庸之子，以免生活無著。真是：

執手相看淚眼，竟無語凝噎。

沈三白細思芸娘過著流離困苦的日子，深感愧疚，豈因自己生性率真樂於助人，落拓不羈，又不善經營，加上家道中落，只能任職幕府或自己設館，收入時有時無，家計困難。有次芸娘為冀其酬金甚高，在限期內抱病日夜趕繡《心經》，以致病情更為加劇。她一生但求與我「布衣茶飯，可樂終身」，亦未能如願。受委屈、被欺壓，絕無一聲埋怨。不論如何艱辛，她都在平靜中承受，緘默中成全。芸娘是以她的愛來照亮三白的一生，用她的情來豐富三白的生命。

沈三白歇腳在冰冷的石墩上，昂首方覺，秋日已被時間啃食成餘暉，自知來日無多，芸娘與其靈犀相通，溶骨化血，趁著自己尚在人世，記述下昔日倆人繾綣深摯之情，不使其成為過往雲煙，方不負蒼天待我之厚，芸娘待我之情。

他急步往外走，趕著去完成其餘生唯一的目的。寫下《浮生六記》，讓世人感受到至情至性的愛是「可以生、可以死、可以哀、可以樂」的纏綿悱惻。

而芸娘削瘦的身影，彷彿仍在輕吟：

只是天上多情種，不是人間富貴花

世紀之愛——情義兼備的趙四小姐

報載六月廿三日清晨，張學良夫人趙一荻女士病逝於夏威夷，享年八十八歲。五月剛度過百歲壽辰的少帥，親至病榻握著她的手，眼見她生命之火逐漸熄滅，陪伴他七十二年同甘共苦的老妻死別而去，真是情何以堪啊！「頭白鴛鴦失伴飛」，怎能不哀傷的流下淚來，表達他椎心的難受與淒苦。

筆者有幸，在夏威夷與這兩位老人家有數面之緣，他們在檀香山第一華人教會禮拜，在一次見證會上，雖然有人對他們的往事極感興趣，多次詢問，但是他們絕口不提。僅由趙四起來見證主對他們的恩典，這一生如何蒙神眷顧及帶領，獲得了真正的喜樂和平安。坐在旁邊的少帥平和寧靜，似乎不論是非成敗，俱是過往雲煙，與他無關了。最後一次看到他們大約是在兩年前，於檀島的Liberty House餐廳內，當時兩位均由輪椅代步了，由一個健碩的保姆照顧。少帥頭上戴了一頂扁圓帽，趙四已顯病態，慢慢地一口一口吃著餐點，彼此不時向對方投注關切的眼神，那種心意自然相通，歷久彌堅的情意，乃是天長地久了。

張學良一生本極富戲劇性，由大帥張作霖被日本人炸死關外，到影響中國命運的西安事變，加上當時馬君武詩句的渲染：「趙四風流朱五狂，翩翩蝴蝶正當行。」諷刺他只顧逸樂，不起來抗日，雖然事後當事人都曾經否認，但已令人留下深刻的印象。到遭遇超過長達半世紀以上的幽禁，囚徒生涯尚有紅顏知己趙四死心塌地的相伴，晚年雙雙在檀島安度餘年。他傳奇的事蹟與不凡的愛情，一直為人所津津樂道。

愛情雖然主觀，但是肯定會受時代、地域、環境、時間、及性格等影響。當「五四運動」的來臨，中國受到西方浪潮猛烈的衝擊，反封建、反舊禮教、反傳統婚姻等，雖然存有對中國固有的文化曲解和過分貶抑，但不能否定其正面的貢獻，在精神上走出了歷史僵化的形態，為我國新文學做了開拓的工作。而當時的新青年標榜自由戀愛，爭取婚姻自主權，雖然很多有情人終成眷屬，同樣也因為西方的愛情觀，容易形成急流勇退，落得個不歡而散，如才華橫溢的徐志摩與陸小曼，郁達夫與王映霞，徐悲鴻與蔣碧薇等夫婦。

趙四當初難免懷著少女對愛情的憧憬與浪漫，及對英雄的崇拜，再加上風流多情的少帥，當然受到社交圈內的名媛閨秀的歡迎。可是當英雄一朝成為階下囚，除去了頭上閃亮的光環，權勢名利都被剝奪，剩下只是一顆熱血沸騰的愛國心，在那樣的情況下，有人避之唯恐不及，眾多的佳人也都四散而去，獨有趙四不顧一切追求她認為的真愛，明知繁華已盡，歡樂已歇，面對的將是無限的囚期，不停的風雨，顛躓的道路，甚至不知何時會有性命的危險，而她卻無怨無悔的陪他度過數十年暗晦驚懼的日子。這種感情恐怕除了愛以外，當包括了中國人所謂的義，認定了就是「義無反顧」，帶著剛烈賢貞的意味，原來情同義竟是相通的。也正如結為夫妻時在神壇上立的誓言：

「願意敬他，愛他，無論他是健康或軟弱，境況如何，你都愛護他，安慰他，尊敬他，專一於他，終身與他同在一起。」

趙四做到了將西方的愛情方式與中國優美傳統，融合成為一個感人的愛情故事，閃耀出精誠真摯的光輝。

在西方近代另一個可以媲美的愛情，則是「不愛江山愛美人」，為辛普蓀夫人遜位的英王愛德華，雖然有人認為這位美人內在、外在不夠美，太不值得了。但是愛情卻是無理可喻，外人是無法置喙。有的活著只為爭名奪利，其他不重要，何況尚是高高在上的一國之君，雖無實權，仍然名揚四海到處受到尊敬，且有厚祿可享，何必為了一個離婚的婦人，放棄這一切榮華富貴？愛德華到老仍舊溫文爾雅、風度翩翩，甚至為他所愛的人，未能得到英國王室應有的尊重，至死不渝未回祖國居住，雖然這樣的結局不免使人淒楚心酸，但他對愛情的執著與忠誠，與他的姪女英女王伊麗莎白的兒子——查爾斯王子同戴安娜王妃之婚姻，看得眼花撩亂，令人莫名其妙的鬧劇兼悲劇，無可比擬的了。

無論你如何叱咤風雲不可一世，總希望過著平安幸福的生活，況且不平凡的人，亦有其平凡脆弱的一面。而張學良這一生最大的支持，應該是來自趙四，那種憂患與共，生死相隨，以歲月編織出來的感情，早已綰住他們生命與血脈在一起跳動了。失去趙四對暮年的少帥在心理及生活上都頓失所依，但願不會擊垮這位經過大風大浪的世紀老人。
趙四對張學良的愛，可以引用詩人洛夫的詩句來形容：

然後以整生的愛
來點燃一盞燈

每個人遲早都會成為過去，而他們罕見的愛情，卻不會為人遺忘的。

藍色的旗袍

最近觀賞連續劇「幾度夕陽紅」的播出。

劇情由抗戰大後方，重慶、昆明，發展到初至台灣的情況。使我們身歷其時代變遷者，不勝懷念及感慨！

劇中演出了一群男女學生，在沙坪壩茶館內，喝茶、嗑瓜子、剝花生、擺龍門陣的情形。可惜，未能表達出，那是個熱血沸騰，驚濤駭浪的時代。

雖然物質匱乏，外援不至。可是全國人心卻振奮而積極，對前途充滿信心，抱著與國家共患難，與民族共存亡的決心。更有許多青年學子們，投筆從戎，屹立在抗日最前哨，拋頭顱、灑熱血，以換取河山寸土。「一寸山河，一寸血，十萬青年，十萬軍。」的宣告，顯示出那種強烈的愛國情操，真是驚天地，泣鬼神！青年人如此自動自發的團結，在歷史上亦少見。全民在顛沛流離，饑寒交迫之中，依然奮起抗敵，變得更勇敢、更堅強，以絕不屈膝的意志，匯聚為當年的抗戰精神。

雖然演員們站在配搭的佈景前，賣力表演，總覺得這一切形似而神缺。但看到女演員的藍布旗袍，仍不禁憶起在山城唸小學的那段日子，沉入了陰丹士林的洄漩裏……

清晨薄霧，呼吸着微濕的空氣，要爬不少斜坡，上無數梯坎，經過曲折蜿蜒的山路，才能到達我唸書的地方——重慶巴蜀附小。

我雖然是在勝利後，方進入附小，學校卻因位在陪都—重慶，當年的精神堡壘，決策中心。學子們經歷過大時代的洗禮，面對過生死存亡的磨鍊，都帶着活潑、堅韌的生命力。我們這些後進，至今，還能感受到那股強勁、充沛的力量，在校園內四處流動。

學校分為中學、小學、幼稚園三部份。大家都同在一個大範圍之內，像禮堂和操場等都合用。附小的學生，經常都能欣賞到中學生爽朗而自信的神態。尤其女生制服，是用輕便質樸的陰丹士林布，剪裁成寬鬆式樣的旗袍，夏季，顏色較淺；冬日，則換成深色的藍，大方而舒適。襟上別着個三角形校徽，女學生多喜歡把頭髮紮成兩根辮子。垂在胸前，令俐自然。臉蛋兒健康紅潤，泛出朝陽般燦爛。嘴角浮現出初春的清新，配着剛健婀娜的風姿，似一株株藍色秀麗的鬱金香，自由自在徜徉在校園中；比起嬌艷的桃紅柳綠，自有一番清純之美。

年小的我，目睹這群學姐風采，就盼望盡速長大，能有一天置身於藍色行列中，與她們一起，沐浴歡樂青春，吐出芬芳氣息。

誰知事與願違，還未上中學，戰亂又起，離開了故鄉，遷移至台。台灣當時初中女生制服，大多白衣黑裙，為了補償那個失落藍色的夢，考上初中那年暑假，就請求母親，讓我做件藍色旗袍。新旗袍上身後，左看右看，總覺得不是那麼回事，也失去了那份應有的興奮。原來那樣令我心儀的生動蔚藍，經歷時空的隔離，已逐漸朦朧了。

來到馬尼拉，多年後方知曉，要尋求的不是那藍色的旗袍，也不是那升上中學的得意感，而是思念那樸實、淳厚的校風，同學間純真，親切的交往，還有那股令人震撼，喚醒國魂的抗戰精神……。

都成為海外遊子，濃得化不開的鄉關情愁。

罩不住

二〇〇三年五月初我需赴美，當時正是「ＳＡＲＳ」感染高峰期。各地處變皆驚，人人自危，都怕「中招」，口罩似乎成了平安符，人口一罩，形成奇貨可居。菲國未有鄰國那般疫情慘重，雖有從多倫多回鄉之護士感染病逝，幸好也沒有擴散。據說高溫可以防「殺士」，以致於菲國機場內雖然熱氣騰騰，大家為了怕感染，也就心甘情願任它汗流浹背了。

起程那日，文友來電通知，菲國已被宣佈為疫區，希望我至國外後不要被隔離。老伴及親友一再叮嚀不要忘了帶口罩，為了不辜負他們的愛心與關心，在前一日我就特別留意將兩個口罩放進箱內（還是他表妹怕買不到口罩專程送來）。到機場日航櫃台辦理好一切登機手續，至出境處時，已有人蒙上口罩，方發覺我的口罩竟忘了從箱內取出，猶如「黃鶴一去不復返」，隨托運行李而去。只可惜白費了他們的心意，對這種無可奈何之事，本人只得用手巾紙瀟灑的擦擦嘴，勇往直前上機去也！

航機在東京轉機，有兩小時的停留，為了「亡羊補牢」趕緊去免稅商店購買活性炭口罩戴上。至候機室選一僻靜處，沉浸在喜愛書籍中。不久，發現其他位子坐滿了旅客，唯獨我這張沙發無人問津，最後終於來了一位歐巴桑領著小孫女，望望我的口罩，保持距離膽怯的坐下，彷彿我成了「殺士」患者，可是她倆都戴著N95「豬嘴形」防非典口罩，下意識地我也挪了挪身體，你們懼我，我還怕你們呢！

上機後才注意到，大部分旅客都戴上了口罩，我們這群患了恐「殺士」症的人，魚貫靜默地對號入座，眼睛透露出不安、疑慮。機艙內氣氛沉重鬱悶，好像這趟旅程危機四伏。偶爾有人咳嗽，打噴嚏，大家都膽戰心驚，一起向他投射出緊張的目光，空中服務員立即趨前表示關切，那人則是很羞愧地直點頭，彷彿犯了十惡不赦的大罪，連忙說：「失禮！」「失禮！」註

坐在我旁邊的兩位女士，更是防禦工作做到家，口罩將嘴鼻封得嚴實，帽子壓到眉間，只露出一雙眯眯眼，全身裹得緊密不透，甚至還戴上了手套，只差沒護眼罩與奈米防典衣，他們這身裝備，可以到外太空去探險，或是參加防「殺士」服裝比賽，不過在近八小時的航程下，不悶死才怪。果不其然，兩個小時後，五花八門的口罩，不是被箍在頭上，就是拉在下巴頦下，一個小女孩已在把玩他口罩上的卡通貓了。有位老先生，早將口罩吊在另一隻耳朵上，晃盪、晃盪著。戴上兩個鐘頭的口罩，對我來說也是極限，吐出來的熱氣，被數層紗布擋回，又得吸進去，循環不息，真是難以忍受，取下來可就舒暢了。

我的鄰座也忍耐不住，一樣一樣的解脫，終於原形畢露，竟是一對胖胖的母女，圓臉上

佈滿了笑容，還挺客氣的要請我吃日本糖果，與先前的恐怖模樣竟有天壤之別。

真是奇妙，解下了一個小小的口罩，頃刻間，就有了笑容，有了歡愉，整個機艙顯得生氣勃勃。原來揭去嘴上與心理的那層障礙，人生竟真實起來，天地似乎又有情有義了。

註：日語之「失禮」與中國話義同，音相似，尤近閩南語。

傻瓜相機

科技進步到設計出傻瓜相機，令我這個對電器機械懷有恐懼感的人，實在是個大好的福音。

從前一直不敢替人照相，因為要對距離，調光圈，面對陽光，不能背光等等，麻煩已極。照出來的效果，往往使人失望兼可怕，實在不好意思。

照人數多的相，最旁邊的人，經常會不翼而飛，要不就是鏡頭對準時，大家都好好的站在中央，照出來，卻變成不守規矩，跑到相片角落上去排隊。

單人相，卻會有頭無腳（腰斬），有腳無頭（斬首），或者只剩下半邊身子（鍘刑），最恐怖莫過於，有次居然會照出一張無頭無腳，只有中間一段身子，成了專業劊子手。好像水滸傳的一丈青，要賣人肉包子似的。從此以後，決定洗手不替人照相了。總是盡量把機會讓給別人去發揮，糟蹋了膠卷不說，還得傷感情。

自從有了傻瓜相機以後，技術可是日新月異，我用簡單的傻瓜相機（傻瓜中的傻瓜）。

近距離，調到距離圈的一個黑點上，中距離轉在兩個黑點上，遠距離當然放在三個黑點上。被攝影的人，都站進鏡頭的框框內，照出來的人，都是有頭有臉，手腳俱全，絕對不會發生慘劇了。團體照，大家都帶著愉快的心情，整整齊齊站在一起合照，也不會產生人口失蹤的現象了。

這樣才慢慢恢復了失去的信心，卡嚓！卡嚓！一路照下來，相機也用上了十年。

此次為要隨團，向自小就十分仰慕的文學大師們，致最崇高的敬意，當然要留下珍貴鏡頭，做為永久紀念。因怕舊的傻瓜相機年事已高，難擔重任，如果出了差錯豈不遺憾終身。出發前就換一架新相機（仍舊是傻瓜式），總以為會比較保險。

到了上海就發現它出了問題，按鈕按不下去，以為是電池出了毛病，誰知換上新電池，膠卷卻在機內吱吱喳喳旋轉不停，在這個重要節骨眼上，還要鬧彆扭，簡直太不知輕重了。一氣之下，宣判它假死（抽出電池），立刻成為白癡，等回來後，再好好修理它。

那知無獨有偶，小華的傻瓜相機，也跟他鬧意見，卡在那裏，宣佈罷工。又增加一名白癡。

團友振華，瓊安，鳴英見狀，立即發揮有福同享有難同當的中華優良傳統。毅然伸出援手，犧牲自我（減少他們上照的機會）提起傻瓜相機，以高超技藝，攝下了與大師們永恆的回憶。照出了湖上（北海的寧靜）殿中（紫金城的輝煌）花前（桃花的嬌艷），樹下（柳枝的裊娜），可惜沒有月下（天寒地凍，晚上不敢出來），襯著美麗的景緻，人人都神清氣爽，顯得比本人高明多了。

在此深深向他們的愛心致謝，同時已經打定主意，今後出門得緊跟住他們的腳步，因為白癡跟著傻瓜走，一定沾光。

輯四・書香

與愛同行——喜見芥子、惠秀，出版《相印集》

時光飛逝，前塵如煙，但是有些人與事總令人惦記著。菲華文壇這對優秀夫婦的合集出版，應是好多人的盼望。經過環境人事的變遷，要將作品搜集完整，原是艱難，所幸大家尋尋覓覓，大多還能回歸故里，沒被埋沒造成遺憾。好欣喜這本著作即將面世了，讓大家欣賞到他們的才華橫溢，文筆精鍊的作品，聆聽到他們的情聲心語，感受其時代的呼吸。

芥子與外子本予堪稱莫逆，相識於四十年代，文藝是他們的同好，在一起憂國傷時，談文學論創作，甚至對愛情的憧憬。有時談興未盡，從中山街到芥子敦洛區的工作處，直到深夜方休，亦經常在報館旁邊的「大家園」，一碟花生，數杯茶水及啤酒，與眾文友談天說地，不亦樂乎！

芥子為人細密敏銳，本予則是不善言辭，不拘小節，寫詩的筆法格調亦大不相同，卻無礙倆人的聲應氣求。他待其如弟，愛顧有加，芥子見解獨到，往往在文章及其他方面，有撥雲見日之功，真可謂亦師亦友。

初識芥子與惠秀夫婦，已數十年了。那時我剛至菲國，雖不能說舉目無親，確真是無一友人。本予首先將他們的文章讓我賞讀，並介紹兩位與我相識來往，惠秀一頭烏亮直髮清新開朗，芥子那雙透著雋智的眼神，都令我留下深刻的印象。生了大兒後，惠秀特別去當時的名店阿謹那度（Aguinaldo），買了進口貨的嬰兒用品來探我，看著她那真摯動人的笑容，娓娓道出育嬰經驗，撫摸著那色彩嬌嫩和樣式可愛的小衣物，使我感受到無比的關懷與溫暖。

芥子的驟然離去，實在太匆匆。菲華文壇從此失去了一位有代表性的健筆，一位有風格的詩人，這般無常使惠秀與家人不甘心，友人不捨。而本予則有頓失知己之感，故人難再聚之痛。但他卻留下對國家的熱愛，對人世的深情，以文學的執著觀照出這一切感悟、感受，寫下了多篇耐讀的作品。

惠秀之作涉獵甚廣。早期帶著少女情懷的作品，充滿了純真與感性，中期漸入閱世之境，加強了知性與美感的深廣度，令人目不暇給，後期則是重在文化與教育，言近意遠，溫柔敦厚。

她深愛藝術，筆下的音樂、演奏、戲劇、舞蹈等作品，皆表達出溫柔和優雅，文中的力量與激動，常使人有身歷其境之感受。節錄其中的文句，共享令人低迴不已的驚嘆！

寫到薩克斯風名家Kenny G演奏的〈茉莉花變奏曲〉，從他優美的旋律中高超的技巧下吹奏出了……

「江南水鄉的柔美，又似馬尼拉海灣拍岸的潮汐綻放的朵朵浪花」。似乎也無遠弗屆的散發出，陣陣令人陶醉的茉莉花幽香了。

在〈跳躍的音符〉中，描述這位天才指揮家郭美貞，揮動著如有魔力的指揮棒，如何將貝多芬的《命運交響曲》演奏出「那壯麗雄渾的樂音，與蒼勁磅礴的強力，聽來令人著實感動；亦將樂聖堅毅不撓的戰鬥意志，表現得淋漓盡致。」

「這位樂壇上的『女暴君』，嬌小玲瓏，但極有魄力，對追求藝術上的完美，鍥而不捨和敬業樂業的精神，促成她能在國際樂壇上獨樹一幟，她的成就，絕非僥致。」

一位藝術家的成就，除了天賦與興趣，必須身心全力以赴，這種精神多麼令人尊敬。而郭美貞將這首《命運交響曲》貝多芬從靈魂深處爆發出來的樂章，詮釋得那麼激昂動人，震撼了無數聽眾。這就是為什麼「人生短，藝術長」之故。

現代藝術，往往用不同的方式與手法，來表達它們的觀念和反思，戲劇亦然。巴黎孟德爾劇團的啞劇《幻變》，僅以肢體身軀的動作和面部的表情，傳達其思想與感情。這樣的演出，較不易獲得觀眾的共鳴。而惠秀中西兼得，藝術修養亦深，領會到「洋溢其中的無言之美」，「需要我們張開心靈之耳聆聽，開啟心靈的窗扉去體會」，真乃深得無聲勝有聲之真諦。

她早年訪問「林懷民愛的禮物給『中正』學生的話」，是關於在菲國觀賞，林懷民之雲門舞劇《薪傳》的演出，除了受到那種鮮活有生命力的舞姿所憾動；及有詩意和形象美的享受外。而她最推崇的，應該是林懷民多年前所提出「中國人作曲，中國人編舞，中國人跳給中國人看」的理想。這種歷史的情懷，文化的薪傳，正是惠秀的冀望。如今雲門的舞劇早已跳上了國際舞台，受到極大的讚譽。

惠秀少年與中年的前期作品，正是她風華正茂之時，與芥子鶼鰈情深，共享生命，文內充滿了美的感受，靈的互動，詩的情懷，真是賞心悅目。

後期她從精彩的世界裏，投向更廣大的天地，專注於文化與教育的傳承工作。有了文化的依據，更是淳厚綿長了。

康德說：「教育可以比革命帶來更多的希望」。

惠秀為人師，深知教育是一切的根本。語言、文字、文化，相互密切的關係，語言不僅是「溝通的工具」，也蘊含了文化傳承的意義在內。而中國語文是中華文化的精華。

「說好國語是中國人的驕傲；寫好中文是中國人的權利；學好中國語文是中國人的義務！」因而孜孜不倦的主持「中正語言研習中心」多年，身教與言教並行。

讀書是惠秀重要的樂趣，亦願大家多讀好書。在她的「遨遊書的世界」裏知悉其飽讀中外古今名家作品，從文學裏得到生命的滋潤，知道如何安身立命，找到生活的目標，充實於書的世界內。

她的文化觀不僅是傳承，且放眼於世界。

「中華文化博大精深，可以源源採擷不盡；傳統是縱的，現代生活是橫的，我們能夠承襲過去的傳統，以現代生活為發展，就會有新的藝術產生」。為了使優美的文化更具生命力，能融入生活。她提出教學方案、方法、形式等……盡力來推展提高青年學子與成人學習的興趣。

惠秀深知文化是不分時空，跨越國界，有融合性、世界性，都是人類共同的資產。誠懇地呼籲「也唯有傳播文化，才是民族向外移民的目的和收穫」。因之亦盡其所能，為國際文化交流的工作做些事。

時代會過去，人物會消失，而他們的作品永遠是年輕的，尤以芥子的詩，不但使《年青的神》，成為他的永恆。還有《獻》、《孤帆》、《亞加舍樹下》等詩，亦撥動了好些有情人的心弦。因其詩情深意美，兼具節奏感與音樂性，被數位著名的作曲家譜成樂曲，演唱不輟，並經畫家以其詩為圖。

芥子與惠秀，志趣相同，是伴侶、是知己。與愛同行，其樂無窮。這本《相印集》的書名，竟是如此貼切動人，反映出他們夫妻二人的生命如此美好。

惠秀的前期是人生豐富了她；以後則是她豐富了人生。

人生總關情——讀《四海情緣》有感

知道文壇有人出書，總是為其高興，那是作者心血的凝聚，辛勤耕耘的成績。作品結集，獲得良好歸宿，不致於流離失所不知所終。尤其菲華文壇在主觀與客觀皆不易的條件下，出書更是難得。

欣聞楊美瓊在其家人的支持與鼓勵，在文友的期盼下，終於將其多年作品結集為《四海情緣》一書出版。實在是值得道喜，不但增加了菲華結集作品的陣容，亦免除「只見其文，未見其書」的遺憾。

為便於閱讀，全書有系統的共分為六卷，以涵蓋卷中性質內容命題。在此我以散文、小說來分類，略談對本書的讀後感。

作者的散文是她寫作生涯歷程，亦是生活過程。無喧嘩之聲，無做作之態，嫻雅端凝中，娓娓道出對家國之情、長輩親恩、夫妻情趣、手足相親、兒孫的關懷，以及師友同窗一切事物的情懷。篇篇俱是真情洋溢，字裡行間盡皆溫柔敦厚。正如琦君常說：「我假如能忘掉童年、忘掉故鄉、忘掉那些親人師友；我如能不再哭、不再笑……那我寧願擱下筆來，此生永遠不再寫。但這又怎麼可能？」在楊美瓊的文章內，同樣的感受到這份誠摯溫厚的深情，因重情、惜情、而有寫不盡的世間情。

在小說，她以現實題材展示她豐富的想像力，有著曲折含蓄言在意外的構思。尤以〈貓怨〉、〈早凋的玫瑰〉、〈小女孩與洋洋娃〉更見分量。

〈貓怨〉中的媳婦秀娟，愛乾淨不喜貓狗，花貓卻是婆婆的寵物，秀娟不但厭惡且怕花貓接近她，可是基於無奈只得忍受。在有次不滿的情緒下，錯使花貓流產，最終花貓報復性的突然從牆角躍出，也使得秀娟流產。

這篇一千多字的小說，是以極短篇的格式寫成，一氣呵成，尤其結尾處兔起鶻落發人深思。以精簡的形式表達出饒有深意的內涵，且能撥動讀者的心弦，看似輕鬆，實則不易。明裡寫秀娟的自私，未能善待婆婆的花貓，若不細加體會，恐怕無法發現對著墨不多，隱藏暗處的婆婆留下了極大的想像空間。「怨」字下得極好，點活了全篇內容，花貓有怨，秀娟有怨，婆婆亦有怨，怨恨交織，最終是兩敗俱傷。反襯出何不以愛來相待，彼此包容。這是一篇結構完整，描寫人性與倫理的佳作。甚至更有張力可以發展成為中篇。

〈早凋的玫瑰〉是一篇很有特色散文體的小說。描寫由僑鄉來菲律賓可憐女子的故事。文內玫瑰身世淒涼，被老華僑從泉州鄉下買來為妾，她雖然好看，可是不但弱智，兼且患有羊癲瘋，其遭遇可想而知。作者以「哀其不幸，憐其無知」而落筆，使人嘆息！懸疑的結局令人惆悵。雖然作者本著愛心與善意讓玫瑰在她女兒心中留下了美好印象。但玫瑰女兒的父親究竟是誰？是老華僑？是麵包店的夥計？玫瑰的死因撲朔迷離，是羊癲瘋病發自己從樓梯上摔下來？或是被人從樓上推下去？

此篇細緻淡雅餘音繚繞，令人思索。

〈小女孩與洋洋娃〉是最能引起我共鳴的一篇。我曾經有過類似的遭遇與經歷，童年時得而復失的洋洋娃。只是我的女兒並沒有像楊美瓊的女兒，將排列洋娃娃的玻璃櫃裝書，而是請求不要再買洋娃娃給她了。她想要的是像哥哥那樣的一把槍。其實我們未圓的夢，豈是她們所能體會的？如今孩子自有他們的憧憬與天地了。

楊美瓊的作品結集，為自己文藝生涯留下了記念。希望她以後用她那支寬厚溫馨的筆，寫出更多至性至情的文章來。

喜見瓊安新書

聽見菲華文藝界有人出書，就很高興，尤其瓊安將其筆墨因緣結合成集。在此地出書真不是件容易事，除了物力財力不談，再好的作品，最終的出路都是大部份饋贈親友，甚至剩下的還得找地方去貯藏，（例如蘇雪林有本極富學術性的著作，出版後銷路欠佳，只得收入友人床底，最後因大陸研究她的作品，方得重見天日），以蘇先生之才華，台灣的文化背景，尚有如此遭遇，可見出書亦需天時、地利、人和。而本地當然是更加困難，正如文友美瓊姐所謂：「出一本書比兒孫輩的成長還要慢」。

不像在東南亞有些地方，尤其馬來西亞，除了華校林立，華文普及，另加上社團宗親會等資助出版，與大量的讀者支持，作品大都能自給自足，且有餘力再接再厲，以致擺出來的書籍成疊成行。而菲華出書不但數量單薄，多為合成集，甚至成為「沒有著作的作家」。同樣身處海外，境遇竟會如此不同。

不過近兩年來，菲華文壇不似先前那麼靜寂了，但是新書出版仍是寥寥可數。而今瓊安出書，有如一股清泉，但願日後大家努力的投入，匯聚成一條旖旎長河，展現菲華獨特風光。

認識瓊安好幾年了，真正與她接近是在一九九三年春天，亞華基金會首次赴中國大陸向文壇老前輩致敬，那次不但親炙了仰慕多年的文學大師風采，並表達了海外作家對他們萬分的敬意，同時團員之間交流十分融洽，一齊去賞故宮、爬長城、上西山、觀北海，充滿了歡欣熱鬧。正是「好山」，「好水」，亦須「好伴」。例如王羲之的《蘭亭序》，歐陽修的《醉翁亭》，均是因人而樂山樂水，寄寓了作者的真情，情景交融，文章才更生動出色，以至千百年來為讀者所激賞。

瓊安行動敏捷，處事精密，加上對人的熱心照顧更是沒話說，隨身攜帶的旅行袋，有如百寶箱，誰頭痛有藥擦，裙子脫線立即供應針線，削梨有水果刀附紙巾，甚至飯後每人尚可分配到牙籤一根，你說週到不週到？令大家歎服不已。決議今後出門，定要邀她同行，以保無憂無慮。

清瘦的外表，卻是精力無限，整日忙進忙出，為文藝界、為慈濟、為照顧全家老少兼朋友，偶而還要為國家大事發表意見。居然還能夠又寫又編，又畫又裱，弄不懂她那來這麼大的本領；燒一桌好菜輕而易舉，手藝精巧的裁改衣裳更是簡單，而且文章越寫越進步。真不知道她還有什麼絕活沒使出來？似乎所有的事，她都滿懷關心與熱忱的在做，絕不浪費生命，時間彷彿都拿她無可奈何。

瓊安為人性格坦率，為文亦是與讀者坦然相對，毫無掩飾做作，真正做到「文如其人」的地步。她永遠神采奕奕在不斷成長，是個懂得施比受有福，珍惜人間美好的女子。

也談柳鶯

施柳鶯是菲華文壇才女。其實她的人與她的文章一樣，有才氣、有靈氣，才氣與靈氣是無法「裝」，亦不能「做」的。

她有幸擁抱中國，同時面對西方，受著這兩種文化激盪交融出來的助力，使她產生了篇篇意味深長的作品。她的《鷓鴣天》、《機房往事》、《丁香結》，原鄉之情躍然紙上，人物掌握得細膩深刻，原味十足。由菲律賓移植到閩南的茉莉花——三嬸，散發出不滅的清香，因勇敢抗日而亡，為真理犧牲是不分種族性別的。她會為無辜在大地震中死亡的男童戴文全痛惜流淚，在他掌心中發現的漢文名字，印證了中國方塊字的永存。她可以在電視前，為一位放棄高薪的李老師，攜手與他的女伴翻山越嶺至侗族教書，感動得淚流滿面。也可以在街上看見一位挾著琵琶，身著中山裝的中年人，透過他的眼神，牽動了她的中國心，惦記著歷經戰亂，流離失所的中國人。她也會氣憤填膺的為華僑請命，為印尼的華人悲哀痛心，問為什麼我們只是流浪海外的一群孤兒？有時也會成為教子有方的嚴母，舉起籐條，重重的打在兒身（痛在娘心）。《碧螺春》中，如夢似幻的前生緣，令人低迴不已，我雖不信輪迴，卻確信「心有靈犀一點通」，一回眸、一轉首那種相知相通的感受，不論古今、中外的人、事、物，都是能與我們互相交流呼應的，否則生命就太乏味了。

人生該有夢，她最愛的就是文學與寫作。但是柳鶯並沒有穿上羽衣，只顧在雲彩裡飛翔，她也是充實地生活在人世間。有慈愛的母親及真誠疼惜的另一半，還得要將三個壯丁，在這以西化為主的潮流裡，教育成中式模樣的兒郎。

老大立立，自小綽號崔福生，其實他一點都不像崔福生（幸好胎教無效），想必當年柳鶯滿腦子的鄉土作品，認為兒子也要渾厚老實。立立總算沒有如他母親的願，而長得挺拔斯文，充滿了藝術細胞，不過，也被柳鶯調教得張口叫她「娘」，只差點沒向她下跪而已（大概是中國古裝連續劇看多了）。老二豆豆自小品味就高，對服裝頭髮十分注意，不時從褲袋裡掏把梳子出來，梳上兩下，還挺有郭富城的架式，被稱為郭富城。只喜歡吃婆婆燒的豆腐，認為那是天下第一美味。老三文文性情中人，總要把最好的物品，送給環境比他差的人。為要表達他對公公思念之情，是任何力量都阻擋不了他。

柳鶯難免嘀咕，三個兒子怎麼都不比別人精明會算賬？其實她不應該埋怨，因為他們都像她呀！

初識柳鶯婉約嫋嫋，眉目之間常帶輕愁，覺得她這個名字甚有意境，倒是貼切的很。豈知無端的搖身一變成為小四（筆名）。且不提我喜愛陶淵明的《五柳先生傳》，及西湖十景的之一的「柳浪聞鶯」，就僅以大觀園內的「鶯兒絡柳」就使人回味無窮了。那日裡，鶯兒走在大觀園裡，望著隨著風兒款擺的柳條，急忙摘下來，編成翠玉般的小籃，裝進了園中的姹紫嫣紅，盛滿了春光的明媚，臉上小女兒嬌憨無邪的欣喜，令人感覺到這就是一幅活生生的鶯兒嬉春圖。怎能不驚服曹雪芹的才華，他就那麼隨意的一塗抹，精采立現，難怪《紅樓夢》至今令人流連不忘，亦是柳鶯寫作途上的良師益友。

人往往認識自己都難，何況是將一個深情、敏銳、善感的柳鶯寫出來，談何容易。但能夠肯定她是「書痴」、「紅迷」、「張派」……一定會用直通心靈的文字，凝聚萬般心事於筆端，不停的寫下去。因為寫作是「作家心靈向讀者心靈的傾訴」。

雙璧合一——賀月曲了、王錦華《異夢同床》新書

現代華人作家群中，有些是相濡以沫的夫婦皆執筆。菲華文壇尤盛，常被其他地區的作家稱道。

月曲了、王錦華伉儷為其中佼佼者。月曲了詩齡極長，功力深厚，至今仍為現代詩努力不輟。其詩句短詞雅，意味雋永，引筆行墨有如水墨畫，清遠空靈。王錦華之文情溢於詞，不尚雕琢，一派真我，生動感人。兩人的詩與散文各擅勝場，而今合集出書，不僅是他們與生活對談，與生命共旅的經歷感受，值得珍藏留念，且令讀者有幸縈迴賞析不已。在我文學史上，詩歌與散文並稱「雙璧」，他二人，一寫詩，一為散文，真乃「雙璧合一」了。

《異夢同床》書名，巧思獨運，展現了中文的優美趣味，將《同床異夢》的悲哀，上下掉轉，擴大了心懷與境界，各自擁有空間。倆人常有驚人「出招」，發揮夢筆生花之佳作，卻是殊途同歸。那張溫床是他們共有的感情、事業、兒孫；是對文學永遠的鍾情，是彼此悠然放心之處……

祝福他們
夢越來越精彩，人生越來越豐美。

〈有山有水的月曲了〉

——賀月曲了詩集出版

觀其人，穩重如山
深邃泰然
讀其詩，淙淙流水
情醇意遠
山水相共，蜿蜒出世間多少的……
喜、怒、哀、樂……

深情綿綿的張琪——序張琪《想的故事》

見到文友出書總是十分欣喜，可是張琪這次出書，卻是令我又喜又憂，當她通知我要為她的新書寫序，給了我一個難題，她真誠的希望我陪她走過這段人生——指出書的這段時日。被這個懂得惜緣重情的女子說服了，只得勉力而為。何其有幸，我們成長的背景相似，同樣的把「異地住成了家鄉」，一樣的對書痴迷，認定相同的信仰——基督無私的愛，才是解決一切的真理。

早些年對菲華文壇較生疏，因需陪伴兒女成長，僅為壁上觀，經常是筆名與本名、本人對不上號。當欣賞到好作品時，讚嘆不已，尤其是女作家風格各異的佳作。而張琪（筆名張靈），即為其中之一。

前幾年亞華作協菲分會為名詩人李元洛舉行的演講會上，當時的司儀態度從容而帶書卷氣，中肯的把握住重點。原來她就是張琪，從此對她留下了深刻的印象。

近兩年來，亞華作協菲分會為推動優良讀書風氣，鼓勵大家多讀好書，就舉辦了「好書研讀」的活動，為安排講員及導讀題目，就得與他們各位連絡溝通。同張琪在電話上講完正題，即毫無拘束的談開了，往往有共同話題，聊到歡喜處，似飲一杯杯甘醇老酒，忘情且忘形，不覺笑聲不絕，真是不亦樂乎！張琪導讀的作品為莎士比亞的四大悲劇之一的《馬克白（Macbeth）》，起初尚有些擔憂，莎翁的作品學術性較濃，尤其翻譯出來，難免有點「隔」，會不會令人難以接納？豈知她深入淺出，從劇中人物、性格、人性，甚至以心理學來分析得條理分明，亦介紹莎翁在他作品內所表現的風格和手法，大家興趣盎然，足見其功力。

她文靜柔和的外表下，蘊藏一顆善感多情的心，認定「因著情，人生而富足，人生失落『情』字貧瘠苦澀」。無論是親情、愛情、恩情、友情，她都是誠心誠意的付出，歷練漸多，情多苦亦多，她仍然不改初衷，執著的走下去，閱世而不溺世。本集的題材，好似一個等邊三角形，一邊為親情、恩情、友情另一邊是愛情，兩邊交匯的頂點則是信仰。

無論是親情的依戀，父喪的驚痛，恩情的感念難忘，友情的傷逝悲哀，愛情的纏綿迷惘，世情的厚薄冷暖，最終都歸於向上仰望的主，撫慰了心靈，給予她再出發的力量。

她雖出身於中文系，寫詩卻不拘泥於古典之中，跌宕跳動不損意境。散文感性知性兼具，而專欄則是語氣簡鍊，真知灼見，時有警句見慧心。其文不僅是生活與感情的再現，亦是對生命本質的探討，令人深思。

張琪祖籍山東，生長就學於台灣，久居菲律賓，大陸是她父母的「故鄉」，沒有經歷到那種刻骨銘心的拔根之痛，但是很能體會到與至親生離死別之憾，因為血脈中承繼了他們的鄉愁，他們的根源。

這首〈哭姑姑〉，哭出了他們的悲哀與無奈。

姑姑活在一張相片裡
我們見面在
這張薄紙上
我把姑姑抽象的
畫入我的血脈
姑姑是冬天
聽來的童話
在山東半島的童話
傳到臺灣的童話
傳到美國的童話
傳到菲律賓的童話

姑姑最後等不及

讓我們把童話說到
杜鵑花開
已化成一片雪花
融入泥土
從此爸爸的鄉音沙啞
我涔涔的淚
是爸爸的一些些

詩內辭句樸素自然，由小見大，虛實並用，以對比、隱喻等，含意深刻的與時代背景緊密相連，表現出兩岸長期阻隔，形成骨肉分離的悲劇。全詩首尾相接，「離愁」由淡而濃，感人至深，而詩中的語言藝術與弦外之音運用自如，豐富了讀者的想像力。

「薄紙」的薄，可以象徵時空距離遙遠，無法感受到親人彼此間的溫馨與厚實。也可以說是姑姑「命薄如紙」。用「抽象」形容姑姑，表示她在作者的心目中是不具體，由不同的概念組合而成。「冬天」描寫父親或姑姑與親人別後的心意，還是姑姑的處境嚴寒似冬？「童話」則是不真實，充滿了想像甚至美化。無法相聚，只得以「傳」的方式，來滿足長遠的思念彌足珍貴。由不同地域傳來的消息，何嘗不是顯示今日許多家庭的情況，兒女分散四方，亦不能承歡膝下。「春天」裡有希望，是有歡樂的季節，姑姑等不到寒冬過去，「杜鵑花開」，得不到可以探親重逢的喜悅，而化入故鄉的泥土了。作者的淚怎比得上父親失鄉、失親的哀慟，那種時刻湧上心頭，堵住喉嚨，連聲音都變調的難受沉痛，豈是筆墨所能形容？

她的散文由感性擴充到知性，對父母的鄉愁雖沒有那麼切身，對台灣卻有揮之不去的童年、少年、成長過程，出國後這些都融合為她濃得化不開的懷鄉、懷國、懷文化之情。「而橫渡海洋飛越國界的移居，這段心路，淚水已是倒流到肚腸裡了。」「從離鄉到去國，文化和語言的差異而覺醒起自尊。總也茫然，我屬於那一塊土地？」「人離鄉賤」，何況離國，不論是「新客」，「老僑」，初來乍到都會有迷茫失落的感受，大都經歷掙扎，努力站穩了腳步後，卻是被文化鄉愁所纏繞。以往華僑是傳統最忠實的信徒，把「家鄉」全盤搬到了僑居地。但是現今年輕的一代及他們的下一代，大多早已豎起白旗。認為那些都是落伍退化的，大勢所趨，恐今後在菲律賓的華人後裔，講「TAO」的人比會「郎」的人越來越多了。

她不甘心「海外年幼和年輕的一代，難道是薯條、漢堡、炸雞和比薩餅誘拐了他們……」她也敞開了胸懷，有容乃大的希望「認知並認同二種文化的豐美，那是多麼美麗的收穫啊！」

每種文化都有其長，今日世界資訊和科技快迅的發展，被認為近二十年，抵得上過去數千年。無法也不必排斥其他文化，何況文化認同已是世界性，但是中華文化美不勝收，放棄實在可惜，尤其好的文學作品乃是屬於全世界，全人類的。

母親是大多數人的最愛，且看張琪如何描寫她的母親。

「母親是一位頗具才華的女子。她的想像力在日常生活上的麵食烹調、衣裳剪裁和美術勞作製作上發揮得淋漓盡致，直到今天，母親講述事情，我總會打個折扣，因為在她描述中，或多或少的添加了想像的成分。一篇平淡無奇的故事或小說，經過她的聲音，被形容的天地都要傾身而聽。」好幸運的張琪，家學淵源，難怪她會喜歡文學，喜愛寫作，富於想像力與善於表達，都是創作的要素。

她的專欄雖然頭頭是道，往往一針見血，其中有的詼諧風趣，令人莞爾。毫無板起臉說教之架勢。

像談「流行風」，「佐丹奴」（Giordano）今春在台上市了，白色上衣和卡其褲的搭配，這可是「很久以前」最土的學生制服。

「ＬＫＫ（老爺爺、老奶奶）真不懂年輕人的「頭殼」，他們才稍為適應前一陣子火辣辣的橙紅色和鮮鮮的蘋果綠，打個盹，睜眼一瞧，少年人個個竟是灰頭「土」臉的德性。」

愛情無論在古今中外，都是一個動人的主題，多少文學作品都在為它歌頌，為它哭泣，這是一個永遠寫不完多彩多姿的故事。對人、對物、對這個世界充滿濃郁深情的張琪，她的愛情篇章內的聚與散，得與失，哀傷與痛苦，抑鬱與落寂，都寫得細膩情真，雖然將愛情「封緘」，「放逐了愛情」，卻豁達的表示「過去我不曾求，現在如舊，將來也是如此。」

依然認定有「真純，誠摯及存到永恆的愛情。」但願能「執子之手，與子偕老」，經過踩在雲端的浪漫之後，這種手與心相繫，不分彼此，共風雨，同歡樂，一起走到白頭，雖平實而深切，是許多人追求的幸福。閩南語的「牽手」，就有同工之妙。

雖然愛情不一定就是婚姻，但是婚姻是應由愛情決定。經過雨水沖刷後的草原會更青翠，濃霧消散後的天氣，陽光會更燦爛。

祝福這個真情的女子。

情真意誠蘇榮超——有感蘇榮超出書

近兩年來，菲華文壇已有不少作者相繼結集出書，大多為老將，中生代寥若晨星。此次蘇榮超承亞華作協菲分會楊大陸、黃安瓊伉儷，見到本地出書之艱難，為鼓勵與推動中華文化，慷慨贊助會員出書，實在意義深遠。

本人有幸開始時，即參與其事，蘇榮超起初對出書，尚還猶豫，很謙虛的認為其作品，質與量恐怕不足以付梓，希望經我先過目後，再交亞華評審小組。筆者細觀其文，「白」而不「淺」，「實」而不「炫」，由小見大，文體寬廣，以詩人之筆，善用意象，掌握虛實，且兼營散文與小說，字裡行間，總可以感受到他的真情摯意，或許不及名家的功力與精鍊，但已屬難得。

他出生於香港，小學在蘇浙唸完，中學就讀中正，大學畢業於UST，現長居菲島，由於成長的環境與經歷，使得他筆下充滿鄉情的《藕斷絲連》、《爺爺的歸鄉路》；與對香港記憶難忘的《港都來的過客》、《印象背後》；及寫菲律賓不分種族的《紅劍與黑魔里》，深刻描繪社會現象的《病毒》；《都市情緣》中，可以發現他對台灣有著人、景交纏的不捨。他的散文，句法多傾向於詩化，看似抒情，其實卻是有景可依，有物可托，有事可循，並非無病呻吟，虛無飄渺。小說篇數不多，以字數來分，只能排入極短篇之行列。「極短篇易寫難工」，要以有限的數字，揭示生命無限的內涵，交織成為雋永精品。如其「有一天」即能抓住極短篇的重點，不但構思新奇，結局出乎意料之外，而且發人深省，如能在青年賭徒悔悟轉折變化之際，加深層次，與最後鄰居夫妻對話時，顯明他們與賭徒家庭有較親近之關係，當更富說服力。

類似蘇榮超這一族群，祖籍是大陸，多數生或長於香港，先後移居來菲，有些在此已成家立業，飄泊感雖淡，但是，並沒有遺失那顆常懷文化鄉愁的心，他們關心先祖輩的家園，也認同兒女成群的鄉土——菲律賓，不似披荊斬棘，刻骨銘心唯有認定唐山的老華僑，也不像吃盡千辛萬苦逾期遊客的水蓮族，與現在勇於闖天下的新僑等等，一起組成僑社的橫切面，匯集為縱的菲華歷史，綿延下去，這一切豈能任其隨著時間湮沒，菲華作者或許不能筆如春秋，但得也為現在留下痕跡。

據知現有的作者，為準備出書而搜集過去散失的稿件，雖然不至於「上窮碧落下黃泉」如有所獲，真似至寶，當初他們並無出書之念，更未想到存稿，僅為抒發個人胸中塊壘而提筆，經過環境變遷，時光的久遠，未能尋得的稿件，猶如親友的永別，如今卻成為一種遺憾了！姑不論文章如何，畢竟它們代表生命的一段過程，與自己共同成長，也是僑社中的一個環扣。

祝願菲華文壇尚未結集者，繼續努力，已出版者，不以一本書為限，千萬不能漸漸沉寂，甚至跡近封筆，令自己作品成為海內外「孤本」了。

讀書樂

我與亞華結緣起於一九九二年，當時隨亞華基金會去上海、北京向數位文學大師致敬，感受他們的風光霽月，與董事、團員相聚甚歡。

回菲後即成為亞華作協菲分會的一員，參與各項活動。豈知一九九八年，做事勤奮負責的祕書長黃瓊安與夫婿楊大陸赴美居留，千金重擔移給我這個一向只貢獻點意見，做些小事的副祕書長，真有不勝負荷之感。從未有行政工作經驗，未發過新聞稿，需獨當一面的安排工作，一切都得從頭學習，真是「臨老學吹打」。雖然新手就緒，總得一段時間適應，但深感學習中生命成長，尤其在「好書研讀會」中，獲益更甚。每次舉辦前需細讀主講人導讀的作品與資料，準備會前新聞的介紹，會後的報導消息，有時本予見我深夜未寢，笑曰：「我們家怎麼出了個拚命三娘啦！」殊不知我浸潤其中，樂趣無窮。

故我曾提議與會者不僅是我聽、我讀、我思、最好是我寫，不但豐潤了自己的筆力，也為菲華文壇增加活力，曾於《耕園》副刊登載了數期不錯的迴響。

亞華作協菲分會為提昇讀書風氣，充實個人學術修養及擴展精神領域，特定期舉辦「好書研讀會」，開始於一九九七年春，至二〇〇一年底我任期內共舉辦了二十二次，前十一次為黃瓊安主持，後十一次由陳若莉接續。

一、黃珍玲概論《中國民間文學欣賞》。

二、范鳴英探討《假如阿Q還活著》和《醜陋中國人的劣根性》。

三、黃瓊安講解老祖宗留下的叮嚀和教誨《聰訓齋語》。

四、蘇榮超介紹充滿豐沛情思張曼娟的《緣起不滅》。

五、陳煥熒帶領一窺「世界名著」及指點「一生讀書計畫」。

六、李惠秀選取《愛、生活與學習》這本著作，使世界更溫馨美好。

七、陳若莉分享「張愛玲的小說藝術」，她的著作孤冷豔絕，是文壇不凋的傳奇之花。

八、迦寧剖析張曼娟《火宅之貓》，用新筆法描寫敏銳的感觸。

九、謝馨令人溶入斯人的《薔薇花事》之詩情畫意中。

十、莊良有推重學養豐厚，文風獨特並具世界觀的中外知名作家劉紹銘之作品，豐富了心靈，開闊了視野。

十一、吳秀薇《心靈雞湯》淨滌俗塵。

十二、邵建寅論析《中國文化崑崙錢鍾書大師》，見識到大師學問的深廣淵博。

十三、蘇榮超引大家翱翔於「金庸武俠天空」之中。

十四、一泓以《余秋雨與文明的對話》來告訴我們，中國深沉的文化與現代的作家，竟能撞擊出如此令人動容的作品。
十五、黃炳輝《唐詩的閱讀與鑒賞》，展現唐詩的燦爛輝煌。
十六、吳文品表達《塔裡的女人》對愛情的真摯與浪漫。
十七、張琪精闢的解析莎翁《馬克白》悲劇宿命的下場。
十八、蔡景龍一往情深的敘說「現代詩」美好與動人之處。
十九、施柳鶯似乎與「紅樓十二釵」心靈相通，使得個個風華嫣然，呼之欲出。
二十、施柳鶯「紅樓十二釵」承會眾要求，欲罷不能，續完為止。
廿一、王勇介紹張立作品《平常作品》，真誠而見其不凡。
廿二、陳端端主講「溫、韋、馮和大晏詞」的作品，以不同風格詞人來顯示詞的豐富多彩，優美雋永，韻味無窮。

以上導讀者均學有專精，含英咀華為菲華文壇名家，導讀作品準備的充實詳盡。題材包括廣泛，古今中外各有精彩，擷取文章精華，直指重點，能喚醒生命的感動，品嘗智慧的圓融，從中獲取無數的啟迪與美感，真使人感激與懷念。

陳端端主講四大詞家

亞華作協菲分會舉辦的第廿二次「好書研讀會」很榮幸請到學養才華兼備的陳端端教授，為大家導讀「溫、韋、馮和大晏詞的作品」，與剖析他們客觀、主觀、感性、理性四種不同的風格。

在中國文學史上，詞的發展起於唐、五代，盛行於南北兩宋。詞是一種配合音樂，能夠吟唱的詩。為了配合音樂，所以詞都有一定的格式，即所謂的詞調，亦稱詞牌。如：菩薩蠻、浪淘沙、水調歌頭等等。而今這些樂譜多已失傳了。從明、清以來都是依照詞譜填詞，可以誦而無法唱了。

詩詞經常直抒胸懷，情致深摯感人，回味無窮，歷來深受許多文人與讀者的愛好，因而派別甚多。如晚唐、五代的花間派，北宋前期的格律詞派，南宋前期的風雅詞派等等。但大體卻以婉約與豪放來區分，這兩大派流，風格各異。婉約派崇尚和婉明麗，清新精工，以李清照為主，晏殊亦是其中代表之一。豪放派推創雄奇闊大，豪邁奔放，以蘇軾為首，其他尚有辛棄疾、陸游等人。但他們之間亦有兩者兼俱者。

主講人陳端端教授，家學淵源，從小即在其父陳唯琛先生教導薰陶之下，對中國文學產生了極大的興趣。陳先生終其一生，誨人不倦，教學嚴謹認真，使華社子弟得益良多，在菲華是一位極受人尊敬的國學文史大師。而陳教授亦能傳承衣缽，負笈台灣，畢業於台灣大學中文系，並獲得輔仁大學中文研究所的文學碩士，曾任教於台灣靜宜學院，及菲律賓中正學院、亞典耀大學、聖多瑪士大學研究院。

此次她將從晚唐溫庭筠、五代韋莊、馮延已、宋晏殊四大詞家的作品，由靈性、境界、構思、創作等角度作深入淺出的闡釋。以她對中國文史的研究與專精，相信更能令我們認識到詞中的精髓，對寫作人與文學愛好者，都會獲得啟迪與幫助。歡迎踴躍參加，同享好詩詞。

月曲了介紹新詩

亞華作協菲分會舉辦的第十八次「好書研讀會」於十一月廿一日在菲華文教中心舉行，由菲華名詩人蔡景龍（筆名月曲了）先生介紹新詩。

他首先以幽默風趣同時夾雜驚人之語作為開場白，接著用真摯感性的言辭來導讀兩首新詩。第一首〈旅客的留言〉，作者渡也，台灣名詩人。詩中將車站比為世間，旅客只是人生過客，用粉筆寫在留言板上的文字，無論對象是何人，都瞬間即逝，而粉筆的灰迹更是消失無蹤，表現出人在時空中的無奈，引申出生命的被動；提出了整個人類要探討的問題：人從何處來？將往何處去？而名詩人謝馨對本詩的評語是：「有著空無而不消沉，更應把握現在而加以珍惜。」

第二首〈遠方〉，是月曲了為悼念他去世的摯友平凡而作。這首詩短短數行，卻包含了許多意象，真實的表達出他失去友人的懷念。全詩以景顯情，描寫出平凡洒脫自如的形象，與愛妻、至親、好友對其深沉的不捨同思念，使聽眾融入詩中的氣氛，文友張琪哽咽的說她從詩中強烈的感受到月曲了與平凡那種濃郁的友誼，與他們以往在一起談詩的樂趣，撥動了她的詩心，今後將努力用詩句來表達人間的至情至性。

經過月曲了精細的分析，有時亦引用傳統詩的意境，為大家點破詩的奧妙，發現好詩的美麗與力量，令在座多位詩人，文友都踴躍參與發言各抒己見。

這是一場展現新詩動人的文藝聚會。

施柳鶯主講紅樓夢

亞華作協菲分會舉辦的第十九次「好書研讀會」請到菲華文壇才女施柳鶯（筆名小四）主講「紅樓十二釵」。

《紅樓夢》為中國四大古典名著之一，又名《石頭記》、《金玉緣》，作者曹霑，字雪芹，生於清代，歷時十載，嘔心瀝血寫出作品的前八十回，後四十回一般認為是高顎所續。曹雪芹以絕世的才華描寫世間癡情兒女的真性情，榮、寧兩府的興衰起落，一群多才多情少年男女的美麗與哀愁，將大觀園的人、事、物，都巧妙的結合成跌宕多采的情節，每個人物都有鮮明的個性和語言的特徵。難怪魯迅說「都是真的人物」，他們永遠的活在讀者的心中。

二百多年來，不知多少讀者為這本書心酸落淚，而作者用真與假，靈與慾、冷與熱，雅與俗，來表達他對理想與現實的反思，最終由寶玉從痛苦中勘悟人生，超越自己，回歸自然的本我。一部真正的好書，是可以不同的角度發現其價值，因之「紅學」至今不衰。名小說家張愛玲、白先勇，都坦承受它影響甚深。

主講人施柳鶯女士自小即浸潤於中國古典書籍中，尤其《紅樓夢》、《鏡花緣》令她極為著迷。及長就讀於中正學院的中國文史學系，更正規的接近到中華文化的精髓。她才情橫溢，文筆剛柔並濟，結構嚴謹，善於描繪眾生相。早期作品出現的人物，往往帶有「紅味」，走過不食人間煙火的歲月，從生活沉澱後的作品，已著重於表達人生，關懷人生，落筆常在週遭平常的人與物，通過真實的人性，這些人物就親切的顯現了其不平凡處。她從一九六九年在大中華日報的長城副刊所舉辦的「菲華小說創作獎」脫穎而出，獲得首獎後，至今未曾停筆，年來豐盈的作品，終於在去年結集成冊，小說《上帝的手》，散文《掌中漢字》，都感人至深，受到讀者的喜愛。她的作品選入中國汕頭大學吳奕錡主編的《菲律賓華文文學史稿》內，亦受到名作家司馬中原、蕭蕭等人的讚許，認為她的作品是「新世紀扛鼎之作，更是海外華文文學的奇葩」。

由於她那份對《紅樓夢》的傾倒，以她似水的輕柔，善感靈巧的心靈，定會將我們領入採紅擷翠的大觀園，走一趟生動的紅樓文學之旅。請勿錯過如此良機，歡迎愛好文藝的朋友踴躍參加。

不被遺忘的張愛玲

張愛玲過世已經整整兩年了！可是她文章的魅力依然十足，未曾被人淡忘。在她生前，有人認為她是中國近代最有資格，獲得諾貝爾文學獎的二、三人之一。死後，大有人在痛惜江山虧待了才人。

張愛玲在兩岸三地與國外，不但許多作家受其影響，被稱為張派傳人，更有許多無數的張迷仍然對她情有獨鍾，痴心不息。這在文壇上，可真是異數。不久前我的親身經歷，就證實了她絢爛的文采，不因時空流逝，照樣令人驚艷迷戀。

八月從美經日本轉機回菲，機上大部分乘客，皆為日本遊客，空中服務員也以日本人為主。當每次長途旅行時，我都會隨身攜帶數本讀物，以便打發時間。其中一位伶俐小巧的女空服員，先以日語詢問客人需要何款飲料，瞧見我正在翻閱《張愛玲小說集》，立即面露驚喜，彷彿遇到知音，用帶有日本腔調的華語告訴我，她是「張迷」，搜集了許多張愛玲的著作。這下倒是令我著實驚訝，尚未聽說張的作品，已經翻譯成日文了。接著她又興奮的談起，她小時候曾經在臺灣住過，年紀愈大愈喜愛張愛玲的作品。

從這段小插曲中，讓我意識到——作家雖會消失，作品卻是永遠不滅。

自從她的文章撥雲見日後，有的學者教授推崇備至，著書專論張愛玲。而在許多國內大學的中文系內，她不但成為學生特別關注的作家，有的尚以研討張愛玲的作品為博士、碩士的論文。台大中文系教授張健，就曾以張愛玲的短篇小說為授課重點。而她《怨女》的英文本，卻是被加州大學語言系主任大為稱讚，認為英文寫得好極了。這種殊榮，恐怕張愛玲自己亦是出乎意料之外。當然也有人認為她的文章瑣碎，陰鬱無力，缺乏啟迪性與沒有愛國精神，這就是見仁見智了。

這位文字跌宕精緻，內容尖銳諷刺蘊含深刻人性，天才橫溢的奇女子，雖然已離塵世，但她在中國文壇的影響力仍然極大，至今研究討論她的文章書籍，仍是不斷陸續出版，迴響不絕，形成一種奇特的現象，願意探討其緣由嗎？

請來參加由陳若莉主講的「好書研讀會」，共同發掘張愛玲吧！

記榮超講金庸

一九九九年二月廿一日，天氣風和日麗，文友心情歡暢，菲華文教中心群雄畢至，老少咸集，相聚一堂。不為爭強鬥勝，不為了斷恩怨，只為聆聽蘇大俠講解新武俠宗師金庸秘笈內的功夫招數。以武會文友，互相切磋，彼此增長。

申時未到，蘇大俠一身輕裝便服已臨會場。神態溫和謙順，毫無飛揚跋扈之氣，以無招勝有招，深諳中國武學之道，已臻返樸歸真的境界。只見他慢條斯理的開講，帶著眾人穿過黃藥師落英繽紛的桃花島，又急馳至黃沙滾滾的大漠，一起去觀看正直敦厚為國為民的郭靖，對小龍女一往情深的楊過，猶如天神般的氣勢而最終落得悲劇收場的喬峰，只懂得吹牛拍馬滑頭濫情的韋小寶，接著又再右手舉起倚天劍，左手緊握屠龍刀，不辭辛勞翻山越嶺攀登華山去論劍，一一破解東邪、西毒、南僧、北丐之絕招奇技……

令大家不僅看到了熱鬧，亦進入了門道。會眾中有乘坐風火輪（汽車）遠從紅奚禮示來的年輕文友，亦有剛從黎牙實備講課完畢即搭乘現代神鵰（飛機）趕來的黃梅老師。尚有莎士女士臨場觀摩，以便轉授給喜愛武俠小說的另一半。王自然老師亦陪同精讀武俠小說的夫婿，來探取金庸作品層次更深的內涵。而獲得柯俊智先生小說獎的林行健先生也攜妻帶女的出現會場，他自從取得「文憑」後，為免畢業即陷入失業的窘況，現今是以齊家為先，無後顧之憂時，再重現文壇。

討論問題時，蘇大俠虛懷若谷，歡迎大家多多發表意見，首先是大原英烈「縱橫」紙上的蕭鴻大俠，認為金庸作品結構內容十分完整。南人北相的莊勇先生則是熟讀金著，對答如流。婦運主將吳秀薇女士，卻關心金庸是否為大男人主義者。橫跨文、畫、歌三壇的陳瓊華女士顧慮到武俠小說的盛行，會否淹沒了純文藝作品？而張琪老師卻意欲以專業角度研討金庸與高陽據史而寫的筆法不同之處，最後重點放在武俠小說對下一代產生的影響，經數位有親身經歷的家長與老師提供了參考及意見，結論是好的武俠小說對青少年學習中文是有幫助的。

此次討論氣氛熱烈，由武俠至文學到關心下一代的中文，表現出大家對中華文化的愛好與關切。但未能成功如迦寧所願「引爆榮超」。只因功力不足，拿捏不準，無人敢引爆蘇大俠那顆深藏內心而威力十足的保齡球，且待那位知心、知情、知性如黃蓉靈巧機智的知己來引爆吧！

大會拾錦
——記菲華團參加第五屆東南亞華文文學研討會

一、余光中大師的風采

（一）機場攔截余光中

由亞華基金會邀請至東南亞華文文學研討會的專題演講貴賓——余光中大師，從高雄經香港轉機至廈門，基金會負責人林忠民先生與莊明萱教授等人，代表大會接機，到機場時始知飛機誤點。

在機場已有兩架攝影機瞄準出口處，及一位身著短裙，手持玫瑰花的小姐在那裡守候。大家尚在猜測，可能是有什麼重要人物或明星來臨？豈知當余先生精神奕奕，白髮下映著紅顏不疾不徐露面時，他們立即一邊獻花，一邊採訪，馬上將他簇擁至機場右手的大門走去，而我們向余先生直揮手示意，卻被人群擋住無法看見，眼看情勢不妙，如果他竟被這些半路上殺出來的程咬金，帶上了早已準備好在門外的廂型車上，不知去向？那該如何向大會報告失去了貴賓？更無法向余夫人交代啊！雖然在這裡絕不會似菲律賓綁架事件層出不窮，可也不能在治安良好的廈門市，眾目睽睽之下竟然將余先生挾持而去。

這下可嚴重啦！九華情急之下，快速往前跑去，最後一個箭步衝到了余先生身旁，表示我們是來接他的。而攝影組內一成員告以他們是有小姐來獻花，言下之意你們這些無花無色之人，豈能相比？為了「輸人不輸陣」，趕緊回應我們是以誠心來迎接。（內心卻嘀咕，余先生絕不會以花取人，況且鮮花易謝，誰人不老？誠心誠意才是最可貴。）

經過溝通之後，原來他們認為余先生是重點人物，也曾與其彼此連絡過，專為攝製他而來。余先生難得來廈門，並且停留時間極短，要為他製作傳記，亦是電視公司正在攝製閩南傑出人物中的一位。藉此抓緊機會，想沿途介紹廈門市新開拓景緻幽美的環島路兼採訪，擔保一定準時將貴賓送到廈門大學內的國際交流中心，因為廈大的陳傳楷校長，尚備有接風晚宴在那裏等待。

這樣一場誤會以為余先生被挾持的虛驚才算解除。可見余大師在人們心目中受到敬仰及歡迎的程度。

（二）敬業樂群

余先生由蘇州大學回台後，加上課業繁忙，又立即趕來參加此次研討會。上午作完專題演講，擔心他過於勞累，建議下午略為休息，晚些再至會場。他卻不然，不遲到早退，很有興趣地專注聆聽每場論文報告，不時露出和煦的笑容，直到他十五日下午要搭飛機方離開。

他認為在其演講時受到尊重，同樣他亦應該尊重大會同在台上宣讀論文與報告者。絕不以自己學術地位高或成就傲人，就忽視他人，這種敬業與樂群的氣度胸襟，實在令人折服。

（三）文采與光采

余先生專題演講題目「離心與向心——眾圓同心」，以詩人的敏銳，散文的明慧，評論家的透徹，融入淵博豐富的學識，闡述出無論在那裏，只要有中國心，使用中文寫作，即是中華文化必定眾圓同心。是言論精闢的論文，亦是一篇好的文學作品，贏得熱烈的掌聲與贊同。

除此以外請他簽名、合影，拜訪者，絡繹不絕，只要有他在的場所，卡嚓，卡嚓之聲不斷，鎂光燈閃爍不停，他總是溫文而有耐心的盡量滿足大家的要求，九華猜想，余先生如銀的白髮，為何漸長漸少，越來越亮，大概是經常遭受到鎂光燈強烈襲擊的反應，使得頭內有文采，頭上有光采。

二、菲華團群星閃耀

本團指導員邵建寅指導有方，有事經他指點之後，即豁然開朗。而邵先生不但在廈大是優秀校友，對中菲兩地的教育、文化推動都是不遺餘力，受到大家的尊敬。於廈大捐獻了一座「亦玄館」，作為紀念其恩師薩本棟校長，館中尤以研究高科技的納米、微米，為重要項目，實踐「科教興國」之用，為後代培育無數英才，具有深遠意義。

團長林忠民日前因發燒住院，抗生素吃得全身無力，幾乎無法出席了，但因責任在身，只得勉強上陣，幸好大家齊心合力表現優異，將許多菲華作品介紹出去，與各地區代表都有愉快的交流及溝通。

此次在廈門大學展出的菲華作者出版書籍共二十五種，是歷年來最多的一次，其中尚包括已故的林勵志、林泥水、黃碧蘭（亞藍）的作品，當然難免有遺珠之憾。菲華文學應該是一個整體，不論過往、將來、現在，都是不可分割。過去有許多代表性的作品，急需搜集保存以免湮沒；而今是要努力精進與培植新血，才能展望將來的美景。此次只是踏實地向前邁出一步，而後更寬闊之路就有待大家繼續努力。

（一）不同風貌的論文

遠由美國愛荷華大學來參加此次會議的林啟祥教授，論文題目為「菲律賓華文文學與菲文化交融」。他是在菲生長及受英漢教育的華裔，亦曾是菲華文壇健筆，對菲華文學有相當的瞭解與關懷，認為唯有將華文寫作擴大為菲主流文學的一部份，才能在曾受西班牙天主教，與美國民主精神的影響下，成為菲國文化的第三支柱。並提出華人作家同教育工作者，應如何參與的途徑，是一篇切實有建設性的論文。

黃珍玲的論文中肯地指出，要發展菲華文學是要從發展華文教育著手。從不同的角度展現菲華文學的多重面貌，寫出菲華文學的開荒者——傳統詩人，其中有多位是南來傳薪的老師，他們以人生的體驗作詩填詞，彼此唱和，顯現出當時的生活情況。稍後為避抗日戰禍來菲的文人學者，亦將新思潮與白話文及其寫作方式帶入，影響至今，是研究菲華文學值得參考的史料。

張琪的報告是有關「台灣移民菲島寫作的族群」。將大多已是「異鄉住成家鄉」，由台灣來的作者，介紹得詳細分明，他們多在菲華教育界、文藝界耕耘不輟。經歷時空的距離，心靈的觀照愈澄明，根植於血脈中的中華文化愈鮮活，激發出豐富的創作力，加添了菲華文壇的繁枝茂盛。

一泓的發言，道出菲華作品的題材，是受到時代的影響。大陸新移民已非往日，不似老移民有那種硬被分離於家國之外的悲痛無奈，因之他們落筆總在鄉愁鄉戀之上。而今卻是以青春的詠嘆，對異鄉生活的感悟，懷念友情親情，詠物抒情為主。除此以外還望寫作人能擴大更多關注自己居住的這片土地及其人民，以提昇作品藝術的深度。

蘇榮超的文章以小見大，他用心楓的作品為代表，反映菲華文壇的多元性，心楓出生於香港，至十二歲左右隨雙親來菲定居，在菲國僑校受教育。但其在作品中表達的愛，不僅限於狹義範圍，甚至流露出對人類世界，那種無止息的愛。使得蘇榮超寄望作者繼續追求真、善、美的境界，不停的寫下去，同樣期望與菲華文壇結緣之作者，都為菲華園地加添姿采。

（二）各有千秋的主持人與報告者

會議首場主持人謝馨，用巧妙的方式，以不介紹為介紹大會專題演講的貴賓——余光中先生出場，別出心裁令人耳目一新。加上她清晰有力的語言聲調，為菲華先聲奪人的打響了頭一炮。

第二場是由范鳴英擔任，素來有大將之風，場面控制自如，她是教育、文藝兼顧，「比較菲華文學與東南亞華文文學的異同」，甚有心得，主持與報告都是頭頭是道。

施柳鶯主持的是「菲華文學專題報告」，其風格與她的文章相似；溫文婉約，語音輕柔，正是人如其文，同廈大頗有書生氣質的陳育倫教授，配搭相得益彰。

林瑪麗為菲華地區報告的代表，聲音清楚響亮，有趣的言辭，引起不少笑聲，惜因時間所限，最後總算表達出她對菲華斷層的顧慮。

張琪有學術性的總結，極受矚目，她態度從容，以緩和生動的語氣敘述出現已經歷九十年代的新格局，也是華文發展最好的時機，海外現代華文文學並非單一、應該從鄉愁、模仿之中走出來，面對雙重（甚至多重）鄉土、文化的衝擊，甚至經濟、政治等影響。該是深沉思考的時候了，以「共生、多元、互動」的方向來開拓海外華文創作的新源頭。

最後引用林忠民《再生的蘭花》內之句作為結束。「今日海外華人看似失根。卻非無根。萬千蘭種，從失本土膏壤，根著五千年文化的內涵，充滿生機……中國文學的底子既是水深土厚，今後「失根的蘭花」那種向下扎根的毅力，是否亦能轉而向上散發生命的香氣，則有待大家不斷努力了。」為此次大會的總結劃上了圓滿的句號。

（三）發揮團隊精神

副團長陳瓊華對整個會場的情況及氣氛，極為關注，以便隨時謀求改進，冀期會議進行得更順利完善。文娛節目時，這位菲華文壇歌后還得出馬，以淳厚寬潤的歌聲來為我們爭光。

另外兩位副團長「行萬里路」的菲華徐霞客—施青萍與吳彥進，在會場都是穿著十分整齊，尤其吳彥進總是西裝畢挺，而且正襟危坐凝神細聽，可見他們對華文文學的認真及慎重。

還有一位副團長雲鶴，在廈門有許多事務需要處理，分身乏術，經常是神龍見首不見尾，而秋笛卻總是睜著那雙明察秋毫的大眼睛，靜坐在會場上。但天邊的雲鶴禁不住會被秋天的笛聲所吸引，經常發現他已端坐在另一半的身旁，快樂無比的模樣。並在此向雲鶴為大會襄助出力致謝。

本團顧問丁德仁，在廈門發行了夫婦二人合出的書籍《相濡以沫》，是他們人生的甘苦共嘗，伉儷情深的見證。還捐獻一筆獎學金為廈大中文系之用，真不愧為文壇孟嘗君。不久前他剛動過手術，尚在療養中，與他的「終身拐杖」——默雲，原住華僑大廈，為要與本團共進退，也就立即遷來逸夫樓，直到開完會才搬回去，這樣注重團隊精神，實在令人欽佩。

黃炳輝既是廈大教授，又是菲華團顧問，雙重關係更是義不容辭的協助大家，尤其安排團員的交通工具，細心周詳，到最後一天臨去機場，尚不顧炎熱的天氣，頂著大太陽調配車輛，大家實在過意不去，在此向他謝謝！嘗到土親人亦親的熱忱。

張燦昭、蔡長賢倆位菲華文壇老將，團中不論大小事務，他們都是經心協助處理，發揮了和衷共濟的精神。

王自然與夫婿王兆鏞二人大材小用，輪流用攝影機為大會的過程留下紀錄，彌足珍貴。而且無論是台上、台下，人人不是被拍得精神氣爽，就是喜悅的容顏，足見他們的功力。

在文娛晚會上，月曲了那首為紀念亡友王國棟，膾炙人口的是「天色已靜」，譜成曲調，由他與王錦華一唱一誦，令人低迴不已。不由人憶起「桃花潭水深千尺，不及汪倫送我情！」

董君君患關節疼痛之疾，為了開會她可是雲南白藥噴個不停，加上吃藥止痛，令得她的「同居人」之一的陳瓊華，擔心得很。不過她仍是儘量出席，聽得津津有味，總算是上帝保佑，最後還隨團暢遊了江南江北，平安無恙而歸。

隨一泓參加的女兒柳燕，活潑伶俐，是會場中最小的聽眾，見到許多人都請余光中先生簽名，她也將其畫得挺可愛的畫本，似模似樣地翻給余公公看，余公公就很工整的在她的畫頁上簽名及寫上日期，留為紀念，這顆小星星，得自父母對藝文的愛好，假以時日，定將綻放光芒。

（四）蘇榮超完成重大任務

十四日上午開幕式後，即為余光中先生的專題演講，是一場許多人期待的重頭戲。甚至有人還說他是衝著余光中而來，可見這場演講的分量。

菲華團的會議主持人之一的施柳鶯，當日將從南海拜拜後轉來廈門開會。另一位財政翁淑理卻因孩子不適，延後一日由菲來到。蘇榮超是此次團中最年輕力壯的男士，又樂於助人，接機的重任就託付於他了。

不過我們尚有點擔心，因為他不但是首次至廈門，加上一個是國內航班，一個是國際班機，時間出口皆不同，會不會接機人還在機場內痴痴地等待，而被接之人已到了會場？當他知道我們有這種顧慮之時，就滿臉不以為然，用慢半拍低沉而自信的語氣回答：「不——會——吧！」令大家對他增強了信心。結果終於圓滿達成任務，把兩位文友給接回來。他錯失了一場精彩的演講，卻令施柳鶯、翁淑理感動、感激不已。

余先生此次來演講，夫人因女兒及外孫由國外回來，無法相伴。在連絡中余夫人聲稱有你們照顧，我就放心了，有了這句話就更怕閃失。討論之下，這個重擔又只好讓蘇榮超來挑，誰叫他的房間恰巧又被分配在余先生的斜對面，所謂天時、地利、人和俱宜。

余先生在會中是極受仰慕的對象，許多人盡量把握與他親近的機會。直到最後一天余先生將回高雄，蘇榮超還挺不好意思與他拍照留念，最後經過催促，他才靦腆的拉了張琪與翁淑理陪照。我們終於明白他為何遲婚的原因了。

此次菲華團參加第五屆東南亞華文文學研討會，在大會上無論是展出的書本、論文、報告、主持等項目，均獲佳評。

且被稱為兵強馬壯之團，載譽歸來。皆因人人以菲華為重，大家同心協力，發揮了團隊精神，真正的體現了「眾圓同心」。

割不斷的情誼——記菲華作家訪台之行

菲華作家赴台訪問團，終於在兩地文學交流幾乎斷線的二十年後，重綴成行，重溫當年老師教誨之恩，文友切磋之情，倍感溫馨。

短短的五天四夜，行程相當緊湊，但卻收獲豐碩。拜訪了僑委會、新聞局、文建會等機構，均受到熱烈歡迎。參觀林語堂、錢穆兩位大師之故居，及在台北當代藝術館觀賞到以新科技與人文藝術結合，表現出生動而活潑的創意。尤其楊宗翰老師聯絡安排數場有關文學、教育、回顧、編輯刊物與參觀報社，出版書籍的講座交流，各有千秋，讓我們多方面了解到，台灣是以中華文化為主軸，配合時代進步前行。

五月十九日首場拜會文訊雜誌社，文訊多年來長期為「文學界蒐集完整的文學史料及相關資訊」，加上近年來為使雜誌增加可讀性，每期如「專題報導」「人文關懷」、「談文論藝」、「人物春秋」、「書評書介」、「藝文史記」與最近的「銀光副刊」，多項欄目，均文情並茂，既深且廣，雜誌越辦越精彩。已是我們在海外等待的每月精神糧食。本年六月的文訊就有菲華專輯，以「椰子樹下的低語——菲華文學風雲之路」為標題。封德屛社長以文學為終生志業，文訊是她與同仁們不畏艱苦，灌溉培養出來的園地，經過幾番風雨，人事滄桑，以堅毅不拔的使命感撐過來，實在令人欽佩。現今已雨過天青，枝翠葉茂，祝願文訊永遠長青，永遠是讀者心中的最愛。

會中數位菲華副刊編輯敘述編輯之難為，互道甘苦，彼此激勵，同是天涯愛文人，使得這場交流，別有滋味在心頭。

至聯合報副刊參觀非常欣喜，聯副向來是文人嚮往之地，只要文章登載其上，自然是不同凡響。而我們參訪團中，多數已年過半百，猶記得當年見到主編與編輯大多年事已高，而今主編宇文正同另兩位主編，模樣清純樸實，態度溫文謙和，他們都是文壇菁英，且是獨當一面的編輯高手。大家都為報社慶幸不已，不但後繼有人，除了有深厚的文化素養外，當面對世界快速轉變之際，他們在文學領域中能掌握這個時代特有的風采。

菲華作家想在菲國出版一本自己的作品，頗為不易，基於印刷、編排、打字、校對種種問題。因此多位訪台作家對此很關注。在訪問秀威圖書公司時，除了參觀印刷精美的書籍，尚了解先進快捷的印刷科技，及能取得正式國際書號，且可於書店上架銷售。印書之數量無須受限制，可選擇ＰＯＤ或ＢＯＤ方式印刷。同時許少滄文友的作品《椰城風雲》、《掌故王彬》、《澎湃岷灣》，真誠道地的菲華風味，在那裡舉行出版發表會，大家都祝賀他，個人一次出版三本小說集，在菲華文壇實屬難得，也讓以後的出書者，多了一條管道。

當走入中國文藝協會的會場內，立即感受到「台菲兩地作家相見歡」的氣氛，舊雨新知，惺惺相惜，彼此那麼坦率、真摯、飛揚，方悟到現代詩為何會如此動人。而本團內四位創世紀詩社的會員，謝馨、月曲了、白凌、江一涯與其他會員名詩人相逢時，心靈撞擊出的火花，至今難忘。

五月廿一日，最後在東吳大學的「台菲作家交流座談會」，由鄭明娳教授邀請到十幾位台灣知名作家、學者和教授，如司馬中原、李瑞騰、羅門、管管、邱秀芷等等。主題非常充實具有意義。包括兩地之創作，彼此回顧，及討論華文教育面臨的問題，雙方的對話與熱誠融為一體。雖然時間有限，每位代表都踴躍發言，各有見地建議，關切之情溢於言表，似乎都言猶未盡。而詩人謝馨很有特色的引用她的詩作兩首，表達在海外的真實情況。一首〈混血兒〉，血雖已混，內在卻是流著東方永遠的深邃。一首〈王彬街〉，到王彬街是慰藉鄉愁，雖然王彬街不在中國，但是中國卻永遠沒有離開她心中，詩語情意俱佳，讓在場者均睜大了眼睛，張開了耳，用心在聆聽那顆向中國跳動的心。

也正如資深作家林忠民誠懇地道出：「回憶是美好的，此次過來，不只是探親、觀光、訪問，還有懷著感恩的心情，來對當年不辭辛勞，從台灣來菲的多位老師表達謝意。去年亞華基金會曾向六、七十年代來過菲律賓的余光中、司馬中原兩位大師致贈禮金，表達對他們著作等身，終生為中華文化努力不懈之敬意，當時特別激動，這份情誼是永遠割不斷的。」

他們撒下了中華文化的種子，流下耕耘的汗水，並未白費，對菲華文壇影響深遠，迴聲不絕。如董君君就曾獲得二〇〇一年，台灣僑聯總會華文著述獎小說獎首名。白淩詩集亦是二〇〇五年台灣僑聯總會華文詩歌著述獎首名。尚有多位都曾獲得不同類別的獎項，亦經受教於這些老師，此次團中作家如蔡景龍、施柳鶯等，都從台灣的老師處，得到極大的啟發與養分，十分感念。

此次訪問團回台，感到很溫暖而親切，尤其是僑委會許副委員長振榮，代表僑委會熱情招待，殷勤地叮囑大家到各處去看看，多了解台灣的進步與風土民情。加上馬台珠專員，熱忱的關懷照顧，與劉易遠顧問，為了宏觀週報報導菲華文壇訪台專輯，提著攝影機採訪，奔波於會場之間。我們除了深深感激，似乎又有了回家的感覺。

但願這次訪問成為新的里程碑，雙方仍持續不斷地交流，一同浸潤在深厚優美的文化中，能使菲華文學創作與栽培新生代，在質與量上都有長足的進步。

輯五・菲島情懷

傑作

他定睛注視著，白底雕花精緻的大相框內，胸臆間湧出陣陣驚喜，這不正是我要尋覓的人嗎？

一頭濃密的長髮，流瀉在雙肩上，雙眸盡收人間溫柔，菱角形的雙唇，懸掛上含蓄的微笑，杏色纖細的頸項，籠罩在在輕紗薄霧中，尤其背景的一抹綠，襯托得有如清晨初開的蓮花，綽約而純淨，一幅令人神往的傑作。

突然間，背後響起妹妹提高的聲調：

「哥！你怎麼啦，叫了你好幾聲，都沒反應，幫我選一張照片出來，好放大。」

伸手接過一疊照片，心不在焉的翻了一下。

「這些照片怎麼一點美感都沒有？送給你們同學還差不多，穿得像塊調色板，看得人頭昏眼花。」

氣得妹妹嘴一噘，眼一瞪。

「要你挑照片，又不是請你來批評，別太主觀，有點現代感行不行！」

他向來不敢得罪這個慧黠的小妹，以免招架不住。

「其實，你是挺可愛的，只是照片上顯露不出來你的特色。」

「哼！褒貶任你，幸好本人尚有自知之明，雖無閉月羞花之貌，但也不似你形容的那麼不堪。」

望著伶牙俐齒的妹妹，他只得搖頭。

臨出相館大門，禁不住回首，留下戀戀目光。

爾後，那雙溫柔的眼眸，侵擾了他自在的生活，日子變得鬱悶悠長，內心深處有寂寞。

幾次夢見，碧綠的池塘，挺立著一朵清芬的蓮花，上面綴滿了透明的露珠，在晨曦的照耀下，閃爍出絢麗的光彩。忍不住俯身池畔，捧了一掬，澄清碧玉般的池水，那份沁涼，有著直透心脾的喜悅。

午夜夢回，意識到自己，竟是對一無所知的相中人，牽動了深藏的情愫。思量過後，決定去解開這個心結，同時也省得母親為他的婚事煩惱。

母親為他物色對象，不知費了多少心思。起初他還肯陪母親去相了幾次親，結果不是因為這個濃粧艷抹，就是那個幼稚青澀，不然就是太過精明能幹，總之沒有一個合適。

氣得母親教訓他，本身也不是十全十美，豈能如此挑剔？娶妻娶德，溫柔敦厚才能持久。

可是他卻堅持，這是他的終身大事，「寧缺勿濫」，首先要有他的「眼緣」才行，最後根本拒絕了相親之舉。母親雖然暗地裡焦急，卻不敢太嘮叨，怕更引起他的反感。

為了解開心結，只得請妹妹幫忙，因為照相館是她同學家開的，當然同時也得承受妹妹的調侃與敲詐，互換的條件是暫時為他保密。

三日後的回音，是照片的主人，將於星期六上午前往相館，討論有關放大照片之事。一下子滿天陰霾俱散，他滿心愉快的數算著日子來臨。

為了要給相中人一個最好的印象，三天前就去理好頭髮，以免新理的頭髮顯得呆板。先一晚就準備好淺灰的長褲，搭配白色與淡紅相間條紋襯衫，穩重中不失明朗。

當天，一大清早就催促妹妹，換好衣裳，臨出門，妹妹丟下一句話給母親，您老人家的心事，總算有了指望。聽得母親莫名其妙，不知這對兄妹又在搞什麼花樣。

坐在照相館面對櫃台的沙發上，帶著忐忑興奮的心情，不停注視進出的客人，心事盡寫在臉上。

妹妹注意到他的在意，故意想讓他輕鬆點。

「別那麼緊張好不好！兩隻眼睛像探照燈似的，四處掃射，弄不好，人家還以為你這裡有毛病。」指著自己的腦袋。

「唉！你也真是的，到了這個時候還捉弄人。」

想想也是的，為何自己竟如此心浮氣躁，失了平日的沉穩。倒是令人見笑了。趕緊打開旁邊的雜誌，作為掩飾，內心卻在盤算如何設法接近伊人才是。

等待，在有些人會認為是一種煎熬，尤其是連對方是誰都不清楚的等待。可是，他卻以為這是耐心持久的磨練，當謎底揭曉時，一定會獲得更大的驚喜。好不容易妹妹的同學走過來，點頭示意。

他激動的馬上站起來，望向櫃台。

短小的身材，腳上踩著三寸高跟鞋，緊窄的牛仔褲，緊身的T恤，裹得全身幾乎透不過氣來。乾燥的馬尾頭上，頂著色彩鮮艷的大蝴蝶結。

女孩感覺到背後射來一股強烈的眼光，一回首，平板的的面孔，畫上深濃的眼圈。迎視到是他驚愕奇怪的表情。她眼中不帶一絲溫柔，拋過來的是厭惡。

剎那間，他日夜所思的水中仙，即消失在這一瞥之中。用心靈雕塑的美景立刻被現實擊成粉碎。

妹妹看見他臉上塗滿黯然，僵硬的楞在那裡，連忙用力推了他出來。

「哥，大概是我同學弄錯了，我們先回去，再幫你查查看。」

懷著失望，踏出中山街照相館的大門，在明亮的陽光下，他手撫摸著前額，仍然恍惚，相中人與剛才的女孩實在是連不起來，莫非是真的弄錯了人？或者僅是攝影師造型的傑作而已？

萬雷的木屐

馬尼拉塞車的情況，越來越嚴重，堵上一小時，稀鬆平常，加上治安不靖，綁架兒童時有所聞。雖然我們不富有，但怕誤中副車，萬一綁匪認錯了人，那也不得了。與妻商量的結果，為了節省時間及避免提心吊膽，決定搬家到孩子學校附近。

經過一段時間的尋尋覓覓，總算找到合適的居所。新居的面積比舊居小，妻就宣佈，不需要的東西盡量處理掉，我也幫妻將物件分成三大類——留、棄、送人。但在分門別類鑑定時，卻往往與妻意見分歧。

我家老三，也甚惜物，跟我站在同一陣線上。被媽媽列入該「丟棄」的東西，他又偷偷撿回來，企圖魚目混珠，摻雜在「留」的行列中。看得妻又好氣又好笑，認為我們爺兒倆，這般重情意，應該去研究考古學，或是租間棧房藏寶貝。

其實我何嘗不明白妻的為難，如果將所有的東西搬過去，恐怕連自己也無容身之地了。雖然都是身外之物，卻共度歲月，留有感情痕跡的物件，實在難捨，如要勘破人間世情，真是談何容易。

妻由我的舊櫃子中，掏出一個佈滿灰塵的塑膠袋，裡面包了一雙斑剝陳舊小號木屐。接過來，仔細看清楚，心裡就有一股暖流，好溫暖。眼前，浮現北呂宋的田園風光，姨媽的疼惜，及一黑黝黝的小臉，我的菲童好友——萬雷。

小時候身體羸弱單薄，經常與醫生打交道，山頂的姨媽接我過去度暑假，希望遠離塵囂，多與大自然的山光水色為伍，身體也許會轉弱為強。

沿途經過北呂宋，一望無垠的大平原上，田隴金黃，竹廬茅舍點綴其間，遠近幾隻白色的牛，靜悄悄地在嚙草，朵朵浮雲，似乎泛舟在蔚藍的天空中，讓人心曠神怡。

小市鎮，家家戶戶門前院後，種有花草樹木，房子環繞在綠蔭繁花裡，過著雞犬相聞，鄉鄰相親的山居生活。不像在都市，為了顧慮安全，築圍牆，架鐵窗，不得不將自己囹圄其中。

表哥表姐年齡與我相距甚遠，玩不到一塊。姨媽找了他們家工人的兒子萬雷，與我作伴。

初次見面，他個兒矮小，身體結實。大眼睛內閃爍出羞怯，等到熟悉之後，他可就大顯身手了。爬樹快得像猴子，捉青蛙手到擒來，蚯蚓一挖就幾條，釣魚常是一大串，令我佩服不已。帶著我騎水牛，觀鬥雞，穿過樹林，涉過小溪。倦了，草地上一躺，微風拂面，酣飲大地清香，漸漸地沉沉入睡鄉。

每到吃飯時刻，河裡的鮮魚，豐腴的土雞，嫩滑的牛肉，後園的新蔬，樣樣都好吃，令我下筷不停，體重也隨著增加，看得姨媽笑眯了眼。

暑期將盡，回來的前一天，我將一支手工精細，柄上鏤花的玩具手槍送給萬雷，因知他好羨慕我，常把小手槍神氣十足的插在腰桿兒上，好似美國西部牛仔。

當我將小手槍塞進他手裡，大眼睛裡充滿了驚喜，厚嘟嘟的嘴唇張了開來，似乎不知道該說什麼好。我挺得意手槍送對了人。

從山頂到馬尼拉，車程需六小時，次晨天朦朦亮，就得起身，臨走時，萬雷已經候在車旁，手裡捧著這雙擦得乾乾淨淨的木屐。囁嚅的告訴我，只有這雙木屐比較好，不知道我喜不喜歡？

我心內湧出無限感動，這雙木屐對他意義重大，是他父親給他的生日禮物，平日除了年節喜慶外，是捨不得穿的，卻將它送給我。而我擁有許多玩具，小手槍只不過是其中一樣，比起他的木屐，我的禮就顯得太輕了。心想來年暑假再聚，一定要送他許多新奇的玩具，讓他更驚喜！

車行漸遠，自後窗望到，萬雷的身影越來越小，成為一個小黑點，也成我這個豐盛假期的句點。

第二年，姨丈賣掉了他山頂的碾米廠，我始終沒有再回到那個小村莊。可是，我卻喜歡小木屐的厚實，經常穿著在院子裡走來走去，聽到啪噠啪噠的響聲，彷彿又見到萬雷誠摯的神情，直到有一天，木屐上面的帶子斷了，方收進了櫃子。許多年前塵封的往事，這才被妻清理出來。

木屐雖已被時間腐蝕得變了形狀，但有些事物在心中，是永遠不會朽壞的。

女傭與「亞興舍」註1

菲律賓輸出勞工，已成為賺取外匯主要來源之一。甚至，前幾年菲女傭在新加坡被殺之事件，引起軒然大波，導至菲、星兩國，雙方暫時終止外交關係。

而在菲國內，親友太太們，聚集在一起，經常是互吐苦水，大嘆好女傭難求，也不如以往那麼忠實勤快了。

吾家昔日女傭，往往一待就是十年廿年，相處猶如一家人。如今已是好景不再。自從去年一名老女傭告老還鄉後，我就嘗到「走馬換將」與「亞興舍」打交道的滋味了。

留任的另一名老女傭，自認最資深，工作反而每下愈況，劣跡雖不致罄竹難書，倒也相當可觀，只能略述如下：

三兒對飲食最為隨便，我們常取笑他重量不重質，以填飽肚子為原則。他居然發出了抗議之聲：「必麗莎真是了不起！可以將最好的材料，煮成世界上最難吃的東西。」可見她廚藝之糟糕，已經到了令人難以下嚥的地步。

她還有一絕技，是殺傷力特別強。拖地能將磁磚刮花；杯盤碗碟不是毀屍滅跡（打破了就丟，死無對證），餘下的則是傷痕累累，慘不忍睹，鍋子不是缺了把手，就是鍋蓋上沒了頭，最厲害是鍋子兩邊都沒了把手，照樣能炒菜煮飯。電器用具在她碰觸之下，就會失靈，最低記錄是果汁機只用一次就壽終正寢。冰箱內她喜歡吃的食物，經常是不問自取，還很有愛心的與其它的女傭分享，非常懂得孟子的「獨樂樂，不如眾樂樂」之道理。

戶長見我經常火冒三丈，怕我讓她捲了鋪蓋回家去，沒有了幫手，勸慰我時代不同了，現在是「不怕你知道，只怕你看到。」得睜一隻眼閉一隻眼，將就著用，有了合適的再換。於是乎，開始積極尋覓新人，以免家中物品，雖未被偷光，亦終有一日會遭至摧毀殆盡。

雖然已經敲鑼打鼓宣告眾親友需要女傭，可是最近的確是一傭難求，他們實在是有心無力。有的是與我同病相憐，勉強留著傭人；有的則是自身難保，已到了凡事都得親力親為之時。我也練就處變不驚，有任何狀況出現，都能及時閉上兩隻眼睛。耐心的等待危機即轉機的來臨。

有天星期六，鄰居太太熱心通知我，她有家熟悉的「亞興舍」，有一批傭工將從州府[註2]到達，願意陪我去選。一到「亞興舍」外面的巷口，已經望見一大堆人，熙熙攘攘在門前，大多為華人，有些佇立，有些坐於長條木凳上。陣容鼎盛，包括白髮蒼蒼的阿嬤領著孫兒孫女，富富泰泰的老闆娘帶著女祕書；精明能幹的媳婦陪著婆婆。真是扶老攜幼，好不熱鬧，不知道的人，還以為是來趕廟會。

不多久，兩部車身加長的「吉普尼」，從碼頭載滿了男女傭工，緩緩行駛過來。翹首企盼的人群，突然起了騷動，個個都成了身手敏捷的勇士，尚未等待車子停穩，已經奮不顧身湧入車廂，連唐山來的阿嬤，都用著閩南腔的「打家樂」在旁比手畫腳的指揮。先上車者，選中目標，立即捏緊對方臂膀或雙手，生怕被別人搶奪過去，表示已有所屬，並非見者有份。更有本領者，莫之於左右逢源一手牽牢一人。最差是空手而返，大概是猶疑不決，被人捷足先登，滿臉懊惱，口中還埋怨隨行之人不中用，未能擒到獵物。這樣的陣仗，那裡是在請「番那婆」，簡直是像在抓逃犯。至此恍然大悟，為何請個傭人要如此勞師動眾。

鄰居太太經驗豐富，見我目瞪口呆的模樣，立刻快步上前，搶到一個尚稱乾淨的女孩，催促我趕緊付錢辦手續。

斗室內排列四張桌子的辦公室，早已擠得水洩不通，各種異味雜陳，而最令人難受是眼前一齣齣生離的情景。旁邊是一對低頭擁抱哀哀哭泣的母女，母親年老羸弱，染成烏黑的頭髮，掩飾不住最內層洩露年齡祕密的白髮，女兒已被人僱妥，簽好了合約，分別在即。母親用佈滿青筋顫抖的手，不停撫摸女兒的肩背，可以想像得出，她們內心的悽楚與惶恐。誰家的兒女不是父母心頭肉，懷中寶？如果不是瘦瘠的雙手，支撐不住命運的壓迫，怎捨得將其女兒與自己，一齊蹈入前途未卜的境遇？母親眼裡流出的點點滴滴，皆是心中血淚。

另一角落，有一對神態恐慌的小夫妻，妻子亦被人僱用了。她的手帕揩抹不乾成串的淚珠，而稚氣未脫的丈夫，紅著眼眶，強忍淚水，握住她的雙手不放，似乎想以短暫的此刻，來慰藉那日後天長地久的相思。可憐純樸鄉下的大孩子啊，這僅是你們邁入現實社會學習的第一課而已！

「亞興舍」是個充滿了眼淚與辛酸的地方，不同的故事，相同的不幸，皆為天涯淪落人。回程中，心內仍十分酸楚。但也充滿了感恩，謝謝上帝賜給我們幸運、幸福。也深深為我們的第二故鄉祈求，願早日國泰民安，免得人民關山萬里，遠赴海外謀生，飽受生離甚至死別之苦。讓大家得享長聚家園之樂，以免忍受精神與肉體雙重屈辱。

註1：菲傭工介紹所。
註2：指從馬尼拉水路坐船到南方的島嶼。

褪色的鳥

薄暮時分，路經王彬街，擁擠的人行道上，各味雜陳。面前一個鳥販，腳前重疊起來的籠子，關住了十幾隻顏色不同，失去了自由的鳥兒囚徒。

瞬息，兒女年幼時養鳥的情景，飛上心頭……

從菜市看見被兜售的小鳥，羽毛嫩黃含翠，小啄尖尖，黑亮的眼珠，伶巧模樣，極逗人愛。選購了一對，（一隻未免太孤單），也免得小兄妹倆起爭奪戰。

才將鳥籠提進屋裏，兩個小孩即刻圍攏過來，帶著驚喜與歡呼，如獲至寶，哥哥選了輕捷瀟灑，體型健碩，尾巴上夾雜幾根褐色羽毛的小鳥。妹妹喜歡態度斯文淡定，身上一抹綠的那隻。

於是，兩小為了接待大自然的貴賓，餵食，找小碟子盛水，籠子下面墊張紙，忙得不亦樂乎。

晚餐囫圇吞下，就連最心愛的卡通影集都寧願放棄不看，兩對晶亮的眼睛，專心一致盯住籠子裏的鳥兒，昂首，抖尾，懸單足，對啄羽，看得津津有味。偶爾，小鳥發出斷斷續續啁啾之聲，也令他倆眉開眼笑，舉起胖嘟嘟小手，鼓起掌來，好像聆聽到世界最佳男高音——巴帕洛帝的演唱。

隔天，他們的客人，不知是否飽食過度，傷了腸胃，還是思家心切，顯得萎靡不振，失了輕盈活潑的神態，眼睛不時闔成一條縫，又時時「同病相憐」的依偎在一起。

哥哥臨時客串起醫生來，從藥櫃裏取出鹽蛇散，鷓鴣菜，保濟丸，（這些都是他常吃的藥），與我這個家庭總醫師會診，希望藥到病除，恢復小鳥的生機，妹妹也成了盡責的護士，用零碎布襯在紙盒內，上面加鋪一層衛生紙，佈置成一張柔軟舒適的病床，大家經過病床時，都得噤聲躡足，怕驚動了休養的病鳥，家裏也暫時失掉了他們平日嬉鬧的笑聲。

望著這一對焦灼擔心的小兒女，心裏直嘀咕，是否自己不會揀選，買了兩隻病鳥回來；還是本該屬於藍天碧樹，卻把它們拘禁於牢籠，了無生趣。早知道應縱鳥歸林，使其展翼天空，棲息山野。

兩個小孩，雖然盡了仁心，卻回天乏術，小鳥最後全身顫慄，羽毛鬆散，慢慢靜止，像兩團褪色的小絨球，趴在盒內。羽毛上現出深淺不同的核色斑點，有如雨後潑在身上的污泥。

菲傭這才說：「太太，這是染過色的鳥，活不了的！」

女兒眸子噙滿了淚水：「媽媽，為什麼要把這麼可愛的鳥兒染色？它們好可憐啊！」

兒子漲紅了臉，噘著嘴：「鳥販子是壞人，我以後再不養鳥了。」

此刻，內心酸楚不已，原意是想讓他們接觸到小動物的純真靈活，學習如何表達出關懷與愛心。可是對這一對心碎的小兄妹來說，豈止是鳥兒褪了色，連在單純歡樂的童年裏，也被污染上些許殘忍、欺騙，灰暗的顏色。我多麼不願意告訴他們，成人的世界中，有的往往被環境、被名利所薰染，成為更多的「變色體」。

孩童本如大自然，充滿了嫩綠幼苗的清香，無限美好。質樸的心靈中，只懂愛與不愛，只知對與錯，只有真誠，沒有心機，所以有如兒童般的心，是最受天國歡迎的。

漸暗的天色下，回首，鳥販瘦弱的身形，枯槁的容顏，可能為了謀生的緣由，出此下策，但為了本身的利益，不擇手段殘害鳥兒的性命，實在太不可取。

鳥攤上冷落的生意，是否意味人們都發現，他們欺騙的伎倆，而不再光顧了？

孩子怎麼辦？

收到傳真過來巴雅沓示垃圾山旁小孩的圖片，凝視著這張可愛與掛著淚水的小臉，窗外狂風驟雨，似乎也在為著他們的不幸哀號。

一、垃圾桶旁撿來的孩子

大女兒小時候喜歡重複的問：「我從那裡來的？」有次問煩了，就以逗弄的語氣告訴她，是在垃圾桶旁看見一個哭泣的嬰兒，我就把她帶回來撫養。說完後，她再也沒有纏著我問什麼，就安靜的走開了。

過了兩天，她面帶憂慮，怯怯地靠近我：「媽媽，我可不可以去外面的垃圾桶看看？」

我早就忘了對她所說的話，很驚訝這個一向愛乾淨的小女孩，竟然會提出這樣的要求。

「幹嘛要去看垃圾桶？那裡不是又髒又臭？」

漲紅了臉兒，囁嚅地說：

「可是，我要到那兒去找另外一個媽媽，她好可憐啊！一定會很傷心，把她的Baby忘記在那裡。」

望著眼睛內閃出淚花的女兒，令我又懊惱又慚愧，怎麼可以因為自己忙，或是無力招架孩子千奇百怪的問題，就搪塞編造回答，不僅傷到童稚純真的小心靈，甚至可能成為她永遠難忘的陰影。立即擁她入懷，輕撫著她柔軟稀少的幼髮。

「是媽媽不對，前天我剛好很忙，你又一直問問題，嫌你囉嗦，就隨口應你是從垃圾桶旁撿來的，你當然是媽媽生的，我們不是都很愛你嗎？沒有媽媽會捨得把孩子丟在骯髒的垃圾桶旁，你說是不是？」

小腦袋直點頭，陰霾盡消，立刻露出陽光般的笑靨。

小女孩單純的心中，不識現實，竟比成人更自然地詮釋出愛的真諦，有包容、憐憫與寬恕，難怪天國的大門總是為孩童敞開，他們有福了。

二、垃圾山旁的孩子

在垃圾桶旁沒有撿到孩子，可是在垃圾山卻生活著成群的孩童，居住在藏污納垢之所，丟棄的垃圾是他們的財源，整日在那裡翻攪挑揀，壓扁的空罐是至寶，舊衣破紙是驚喜，追求只是生存而已。

垃圾可以成堆、成山，甚至倒塌下來能夠壓斃埋葬許多生命，使人遭受家破人亡的慘劇。這種情況在有的國家，或人民的心目中恐怕是不可思議，因為孩子是他們的小王爺、小公主，是應該生長在天堂的兒童。

而你們卻是遭逢連番無情風雨，令這最起碼的盼望都喪失，孩子！你那悲哀的眼神，輕聲的哭泣，是否為面臨的一切在恐懼，是不是向殘酷的命運抗議？為什麼我們在四、五十年前是中亞最風光的國家，融合東西神韻，鄰國稱羨不已，而今蓬頭垢面，盜賊橫行，卻以輸出傭工為賺外匯。我們有豐富的資源，優秀的人才，僅僅排位在不停動亂的印尼之上，是不是該問問，誰使國家這樣？誰使人民受苦？

菲律賓的這些幼苗何時能擦乾眼淚？獲得生機？

何時能見晴空萬里？

心痛地呼出，孩子該怎麼辦啊？

珠蘭

有時愛去附近色彩繽紛的花園走走看看，面對大自然的坦誠相見，嫣然自如，真箇是相看總不厭，增添了好心情。

注目流覽，總想尋覓到有緣的植物，捧回家中長相守，艷陽下群芳花枝招展，爭奇鬥勝，卻引不起我想將它們帶回家的感覺。正要離開時，發現一株枝葉稀疏，無精打彩的小綠樹，歪在牆邊，一看就知道沒有被善待。靠近些聞到陣陣淡香，無數碎米般的花蕾攢集在弱枝上，頓時驚喜，難不成這就是我忘不了的桂花樹？

連忙問照顧花圃的菲律賓長髮女孩：「這是不是中國的桂花樹？」

「不知道！」瞪著一雙大眼，好像在說你怎麼會看上這株不起眼的植物？停了一下，大概是想做成這筆交易，又說：「可能是吧；這個要問老闆娘，她不在，你要的話，價錢可以算便宜些。」

我蹲下來看那著那株孤苦伶仃，蓬頭垢面，未知名的小樹，又摸、又看、又聞。其葉呈橢圓形，不似記憶中的桂花葉，略尖長。雖然存疑，女孩頗懂推銷，在旁補上一句：「這株應該是來自中國的種，花開的時候非常香。」

這句話可打動了我的心，我們竟來自相同的源頭。每一粒花苞都包含了基因的傳承，每一粒種子都背負著生命的未來，加上猶如桂花的清香，在此巧遇，豈能不將它帶回家中，成為院前小花壇的一份子。

不用特別照顧，經過兩星期的澆水日照，花容葉貌就顯得神清氣爽。樹葉長得豐盛青翠，葉下的嫩枝佈滿無數細粒花蕾，漸由青綠轉為柔黃，黃綠相襯更顯清新，週而復始散發幽香。它雖然不如院內九重葛開得喧嘩熱鬧，不如白薑花翩翩起舞，也不如含笑樹矜持嫻靜。只是一株被人移植來這裡，千萬粒植物種子後裔的一粒，和我們華僑祖先一樣，飄洋過海，將根扎於異鄉，經歷了多少的掙扎和努力，適應伸展於這塊泥土上，殷勤而溫婉地吐露喜悅的馨香。

慶幸無意中獲得此株花開千粒的無名樹，亦將其分贈親友共享。尤其夜闌之際，晚月朦朧，由外歸來，浸潤在「暗香浮動」的情境內，真不知今夕是何夕了。

直到去年，有懂花的朋友告知它是「珠蘭」，驚醒我的「桂花夢」。它原產地在中國的雲南、福建等省，常在六、七月開花，因其味近似桂花，常被誤認，難怪我亦將馮京當作馬涼了。雖然我們同將「他鄉住成了故鄉」，落地生根，珠蘭卻在這不分時序的開花，冒出清雅醇和的香氣，原來植物與人類一樣，只要有心，無論何時何地，都散出彌久常新的芬芳。

劇壇有幸

在炎熱的厄爾尼紐蒸騰之下，在菲律賓華人處於惡劣情況之下，在亞洲金融風暴之下，卻有幸能在美菲人壽保險公司欣賞到二齣好戲上演，有如服下一帖清涼劑，頓覺身心明快，暑氣全消。

首齣是菲華戲劇大師吳文品先生在人生的舞台上，將其巨著——《菲華話劇滄桑》舉行的發行儀式。

吳大師自十三歲踏入劇壇，即執著的全心投入，將話劇視為他一生追求的理想，舞台也成了他的生命，無怨無悔為激發抗日民心，為宣揚中華文化，為劇運復興努力不懈。甚至挨餓受饑，歷盡風雨，數十年仍不改其志，這種精神實在可欽可佩！

這本著作的出版，不僅是他個人的「劇路歷程」，亦是菲華話劇史實的紀錄，他費盡心力蒐輯、整理、出版，就是不願這段反映僑社真實情況的活動，隨著歲月煙沒。其文內容細膩周詳，感情豐沛，有時筆挾風霜，有時唏噓感傷——悼念作古劇人，亦有詼諧令人捧腹之劇壇趣事，是菲華話劇史上經典之作。是一本極有存留價值之書。

同樣感人的是請菲華劇運拓荒者蒞臨受獎，雖然已有人不便親臨會場，但是肯定他們對話劇貢獻的血汗，表達紀念前人走過崎嶇山路和種樹之情，實在是一件值得推崇的事。

第二齣則是菲華舞台藝術協會為慶祝海外話劇首演八十週年，在舞台上演出的《砧上肉》之劇。

此劇為名建築商楊華俊先生編導，吳文品大師任演出顧問，將華人在此間的遭遇搬上舞台，這個題材拿捏不易，過之則易流於情緒化，反之太輕則表達不出真情實況，而能將倫理、親情、人性的光輝溶於一爐，表現出華人面對困難時，應同心協力共赴時艱來解決問題，全劇結尾極強勁有力。演員配搭出色，資深演員揮灑自如皆為大將之材，中生代蘊藉真切表情自然，而新生代清新可喜後繼有人。這是一齣紮實好戲。

深信劇運在吳大師與楊華俊先生熱誠的推動下，一定會精益求精好戲連台，觀眾有福了！

呼電等待（Call Waiting）

此劇是由菲華聖劇社，八月廿九日在靈惠基督教會教堂演出。採用馬來西亞基督徒所編著之劇本，演員為菲華基督教各學校之校友與學生自動參與，義務演出，閩南語對白。導演為菲國知名的Jaime Del Mundo。

全劇情節簡明，主題明確，演員具有專業水準。最難得之處在於現今大多數青少年，菲語比華語說得流利之際，演員個個「字正腔圓」的閩南語台詞，表達出劇情中善惡之間的掙扎；親情與愛情的包容；主的恩典與憐憫。真實自然，令人耳目一新。另外為了使菲國導演能了解劇情，以便其溝通指導，劇社特將劇本翻譯為英文，而導演以椅子的挪動排列，表現時空與場景的不同，手法相當新穎，尤其適宜於小場地，節省了換景及道具的時間與方便。頗有中國京劇在台上擺一張桌子，兩把椅子的意味，亦有法國名劇作家尤涅斯可（Eugene Ionesco）的經典作《椅子》的手法。

觀看此劇，深感劇社的用心與愛心，戲劇是可直接感受其力量，它除了藝術與娛樂之外，尚有教化之責。現代社會結構變化急速，經濟紊亂，加上媒體的推波助瀾，許多人的價值觀已成為價格觀，用金錢來衡量一切，以致有人急功好利，為達目的不擇手段，甚至作惡犯法在所不惜。而劇中的主角阿隆即是如此，幸好他有位慈祥的母親，苦口婆心的勸阻，善良的女友百般支持，讓他知道神有恩典，永遠不會放棄他。正如聖經上記載：「如牧羊人有一百隻羊，但走失了一隻，他都會撇下九十九隻羊，去找回那隻迷失的羊」。知道自己走上了歧路，阿隆幡然悔悟，通知了警局，將犯法者繩之以法，自己亦入獄，但已不再沉溺入罪中了。認識到生命真正的意義，真是「浪子回頭金不換」。

在劇中演員合唱了三首動人的聖歌，他們不僅用口在唱，亦是用靈魂頌讚主的愛與榮耀。茲節錄數句，作為對菲華聖劇社與大家的祝福！

「哦主啊！與我親近，我愛您的聲音，作我腳前的燈，作我路上的光」。

華青文藝社工作報告

「華青文藝社」成立於二〇〇四年，宗旨為：「宏揚中華文化，啟發學生寫作興趣，提高寫作能力，栽培寫作人才。」為了發掘愛好寫作並有才華的青年人，在二〇〇四年假中正學院舉辦了「華青文藝社第一屆現場作文比賽」；參賽者都是中正學院的學生。二〇〇五年十月舉辦了第二次現場作文比賽，比賽範圍擴展到全馬尼拉華校。比賽分成三組，青年組是漢文已中學畢業的青年，年齡上限是廿四歲；甲組是中學三年級和四年級學生；乙組是中學一年級和二年級學生。

我們發現兩屆參賽的作品非常優秀，深深被年輕學子清新的筆調所感動，被他們純真的思緒所牽動，驚訝他們有寬廣的見解，驚喜他們有深度的思維。這些孩子不就是我們尋找的新秀嗎？這些孩子不就是我們等待的文壇接班人嗎？

我們於二〇〇六年七月十五日在晉江總會會議室舉行第一次文藝座談會，有廿九位學生參加，他們興高采烈的赴會，熱情洋溢的發言，堅定了我們為孩子繼續付出的決心。我們向華青文藝社的顧問莊維民先生商借《聯合日報》版位，將學生作品定期在每個月的十五日刊登。素來支持文藝工作的莊社長毫不猶豫的答應了。二〇〇六年九月十五日，第一期〈華青園地〉發刊了！發起人陳若莉女士在發刊詞中寫道：

> 我們想為華社喜好文藝的青年人，做些播種、栽培、牽引的工作，成立了一個工作委員會，去實現我們的目標。從學生的作品中，我們看見學生用真摯同熱情與生命對話，雖略顯生澀，卻恣意伸展創意的枝葉來表達生活，感受人生。……期待這些青青樹苗，將來亦會成為風姿各異的主幹，在菲華文壇上成樹、成林。
>
> 四年來，〈華青園地〉已出版了四十二期（至二〇一〇年三月十五日），大部分的學員是透過網路傳送他們的作品，我們支付小作者稿費，給予他們鼓勵。〈華青園地〉已經架設網站，供會員上網討論。可喜的是學生在編輯蕭鴻的指導下，偶爾也參與編排工作，有幾期可愛的版面就是出於學員的編排，我們期望不僅讓學生在離開學校後，仍然持續他們的華文寫作，也能栽培編輯人才，落實真正有人接班的夢想。

「華青文藝社」假晉總舉行的座談會是多元化又活潑的。這三年我們的工作如下：

一、學員作品賞析。挑選園地的作品，讓孩子們當場閱讀，讀後分享心得，並在老師領導下賞析作品。將作品的優、劣分別提出來，由學員盡情發表他們的見解。被選出作品的小作者，都懷著謙虛受教的學習心，和大家一同討論，他們也分享自己創作的思維和動機。

二、由工作委員輪流帶領學員賞讀名家作品。在學員分段朗讀後，各自提出自己對該篇文章的認知，再公開討論。學員每一次發言都很熱烈，巴不得他們的見解都能得到同伴的認同。最後由工作委員解析文章創作的形式，起承轉合的技巧，或創作的時代背景。

三、由工作委員分享自己的寫作經歷、心路歷程，或分享曾經參與文藝社的創辦及工作經過。

四、我們的學員分成五小組，各有美麗的組名；有橄欖樹、白楊樹、紫蘭花、幸運草、聖誕樹。可愛的孩子，為小組命名也超Q。有時，工作委員分別帶領小組討論。

五、在二〇〇六年十月中秋節時，我們舉辦了「中秋特會」，有猜燈謎活動，五十條謎面，謎底多樣，學員認真猜謎，努力拿獎金。另有節目表演，有短劇，歌唱，吉他演奏，朗誦……；多才多藝的學員，精彩的節目表演，在眾人心中留下了美麗的回憶。

六、二〇〇六年十一月廿五、廿六日，作家余秋雨訪菲，在商總的兩場講座，華青文藝社的學員踴躍赴會聆聽大師演講。『華青園地』也發表了學員參加講座後的心得報告。

七、二〇〇七年二月廿五日，工作委員新春聚會，擬定了全年工作目標。

八、二〇〇七年三月廿五日，林忠民（筆名本予，亞華文藝基金會董事長，著有《再生的蘭花》）、陳若莉夫婦租了一輛巴士，學員、工作人員共計三十一人，整裝遠行，前往「大雅台」旅遊，並赴文友謝馨府上。熱情好客的謝馨，不但熱心的準備了各樣美味佳餚，學員吃得口齒留香，並親自主持了一場精彩的講座，指引學員如何賞析並創作詩歌。在她的引導下，學員們領悟了新詩的清幽，新詩美妙的風格，了解了新詩的濃縮性、音樂性。女詩人謝馨拋出的每一個問題，學員們都踴躍抒發己見，讓詩人意外又欣喜。〈華青園地〉在下一期立即發表了學員赴大雅台旅遊的創作和新詩盛宴的心得。

九、二〇〇七年十月六日，名詩人蔡景龍（月曲了）應邀為學員主講「新詩入門及賞析」。月曲了是海峽兩岸三地頗負盛名的新詩作者，早年即享譽海內外，至今創作不斷。當天的講座也吸引了許多僑社喜愛文藝的同好參加。

十、二〇〇八年二月廿三日的講座假菲華文教中心舉行，感謝楊碧華祕書每次均為我們書寫美麗醒目的紅布條，工整的楷書寫著「華青文藝社文學講座」，使會場大為增色。文友蘇榮超（也是本社工作委員）以台灣作家趙寧的作品《我們都是一家人》和學員一同賞析。由學員逐段朗讀，老師分析作家的寫作技巧和欣賞文章所蘊涵的豐潤感情。是日，巧逢作家黃安瓊和楊大陸賢伉儷自美返菲省親，蒞臨會場，並現場給多位學員指導。當天並頒獎鼓勵一年來赴會次數最多的前三名。

十一、第三屆現場作文比賽於二〇〇八年十月十九日下午假商總八樓舉行。三組共有十四間華校計二百多名學生參加。優美作品，豐美果實令人欣喜。

十二、第三屆現場作文比賽頒獎典禮於二〇〇八年十二月七日下午二時，假商總八樓舉行。商總理事長陳本顯暨副理事長莊金耀親臨指導，陳理事長並擔任頒獎典禮主講人，發表熱情談話，鼓勵青年學生堅持保持寫作的興趣。

十三、二〇〇九年三月一日假晉江同鄉總會舉辦菲華名小說家、散文家施柳鶯（小四）主持的文學講座。講座主題「目送與回眸」，施柳鶯以「光陰的故事」為引言，帶聽眾進入時光隧道。小四告訴年輕作者在初寫小說時，脈胳不可太複雜，以一經一緯單線發展即可。小四還引用名作家司馬中原所說：「好作品是改出來的。」鼓勵學生完稿後，不要急於發表，先擱置幾天，再拿出來改，文章會更好。小四的演講使赴會者受益良多。

十四、二〇〇九年九月六日特別邀請旅居馬尼拉的台灣青年作家楊宗翰老師假晉江同鄉總會舉辦專題講座，主題「匕首與長槍：寫作之路的自我反思」。聽眾中除了慕名而來的十幾位菲華作家外，還有數十位青年學子，主講人便以自己投稿、籌辦社團及從事文藝創作之經歷與聽眾分享。他期許年輕的菲華創作者能勇往直前，不要畏懼失敗。並期盼校園裡有良好的閱讀風氣，要定期舉辦青年文藝營，他並鼓勵愛好文學的年輕人應主動籌辦屬自己世代的文學團體，因為「現在不作，將來會後悔。」

『華青文藝社』的工作，已經進行了五年，對學員的栽培工作也進行了近三年。這幾年〈華青園地〉定期出版學生創作，使一些文壇長輩、先進看見了我們的努力，他們不吝於給『華青文藝社』關心和支持，這是我們繼續前進的動力。

所有『華青文藝社』的工作人員會秉持初衷，站穩腳步繼續努力。我們即將迎接下一個目標，下一個讓我們欣喜的挑戰要來臨了，我們將把三屆現場比賽得獎作品，與在〈華青園地〉發表的文章整理挑選，將之結集出書，作為華青文藝社的第一顆果子。這是所有華青學員們的期盼！

談菲華文學的危機與轉機

菲華文學將近七十年的起伏過程，雖然是受到國情、政治、經濟、甚至是戰爭的影響，與世界變動等，亦是息息相關。追溯到其中較大的危機，一九四一年太平洋戰爭爆發，日本佔領菲律賓，淪陷三年多，日本嚴格控制一切，稱為「黑暗時期」，但仍有抗日作品出現。再來就是一九七二年馬可仕總統的「軍統戒嚴時期」禁止社團活動，華報副刊停刊，長達八年之久。菲華文壇處於停頓時期。加上一九七六年實行教育菲化。文字是文學的載體，教育是一切的根本，這對華文文學受創極深極大。但由於中華文化的向心力與生命力，令菲華寫作者絕不消沉，絕不放棄，仍然是私自琢磨互相砥礪。至一九八〇年代解除戒嚴後，有了轉機，作家久被禁錮的筆與心靈，迸發出篇篇動人的文章與詩篇，充滿了蓬勃生氣。文友們志同道合成立了許多文藝社，並請國內外的名家來講學及互相交流，舉辦多次文藝活動，老、中、青華文作家各展才華，可說是菲華文壇的大唐盛世」。

近二、三十年菲華文壇漸趨沉寂，寫作人大多已屆高齡，肯寫作的年輕人不多，令人擔憂後繼無人。其實今日的情況，自有其遠因近果。華人居住於東南亞各地，由於政府政策的轉變，當地國人為要提倡本國語文，往往採取禁止或減少授課時間來排斥華文。如菲、泰、印尼等國，華文、華語都曾遭受如此境況。現幸都已解除禁令，但要恢復舊時學制，恐怕已難。最大的危機就是教育「菲化」，影響之大無法估計，現在大部分的僑校，學生在校用菲語交談，華語已淪為第二語言。有些年輕老師因為華語基礎不足，教導學生自然力不從心，家長的華語能力也不夠，與兒女溝通亦是菲語、英語或華語摻雜。「e時代」的來臨，也使得學生花很多的時間在電視、電腦上。菲華是個商業社會，有些華人或華裔甚至不贊成及不鼓勵青少年參與中華文化或華文寫作等活動。

有心人感受到面臨危機，擔心優美的中國文字、寬厚仁和的中華文化逐漸沒落，個人與社團都經常舉行各種活動及比賽。兩岸亦非常重視此問題，都在大力培訓師資，互相交流，派遣老師來菲教學，協助學生等。且兩岸三地新舊移民中，不乏能夠寫作的優秀人才。再加上全世界用華語、華文的人數不斷增加，幾乎已佔全球人口的五分之一。許多國家已看到華文的重要性，鼓勵學生學習。由此觀之，菲華文運應該還算樂觀。在此提出幾項可供參考的工作，希望能對菲華文學的推動有所助益：

一、從六十年代「文聯」開始的菲華暑期「文藝講習班」，後來由社團接手主辦。聘請國內外名家，如余光中、王藍、覃子豪、紀弦、司馬中原等位前來講課及指導寫作，令菲華學員品嘗到文學的樂趣，開拓了寫作的視野。有些當年的學員，今日已成為菲華文壇的中流砥柱。

二、五、六十年代較多菲國華僑學生返回台灣就讀大專院校，回菲後多數從事文教工作，也有人成為菲華文壇清流。像香港、新加坡、馬來西亞等國的僑生，他們在僑居地對華文的傳播、教育或文學領域都發揮相當大的作用。可惜近十幾年來，菲國華僑回台升學者甚少，若能鼓勵學生回台深造，亦可提升華文水準。

三、華文報刊上應多設立青少年文藝版，鼓勵青少年寫作，給他們發表的平台，引發他們對寫作的興趣。協助學生向國內刊物投稿，組織講習班、寫作訓練營等等方式，增強他們的寫作能力。甚至選派優秀成員至中國或台灣參加「文藝訓練營」，以增進文字運用的技巧，開拓心胸，使菲華文壇的接班人更臻成熟。

四、鼓勵青少年建立自己的部落格，跟隨e時代的腳步，不但能上網寫作，也可常點閱名家好作品。只要手指在滑鼠上一按，頃刻間呈現眼前。「水能載舟，也能覆舟」，e時代的網路，只要善用有方，定可獲益良多。多看多寫，文章不但能生動活潑，更是具有世界觀的青少年。

目前在菲華報刊僅有《世界日報》新潮文藝社的〈小浪花〉與《聯合日報》的〈華青園地〉定期出版青少年刊物，發表青少年的作品。這些都是為了栽培他們成為未來菲華文壇的菁英，希望他們能承先啟後。華青文藝社成立於二〇〇四年，宗旨為「宏揚中華文化，啟發學生寫作興趣，提高寫作能力，栽培寫作人才。」已舉辦過三屆現場作文比賽，臨場出題，每屆都得到很好的迴響。從三屆比賽中發現多位參賽者的才華、創意、新味、令本社工作人員甚是驚喜。這些可造之材，假以時日必成大器。但後續培訓工作，需要有持續完整規畫，並投入大量人力、物力，才不會事倍功半。我們確信菲華文學一定會有轉機，只要大家堅持同一方向，一同努力，所謂「江山代有才人出」，菲華文壇一定後繼有人。每個時代有它各自的精采，讓我們拭目以待。

後記

在菲華出書是件很不簡單的事，更別提發行及上架。文友結集成冊，在這裡大家都會很欣喜的向其道賀，認為這是件大事。

此次我出書的機緣，是由於楊宗翰老師有心介紹菲華文學的過去與未來，讓台灣能夠閱讀到菲華；也讓菲華作家看到台灣讀者的存在。而主編《菲律賓，華文風》一系列的書系，讓彼此溝通，互相了解，這是非常有意義的工作。

多年來我隨興之作，只是「有話要說」，後來成為「有心想寫」，現在是「有感而發」。以質與量來論，與菲華名家一起，尚需磨鍊。不過以不同的筆觸角度來表達對生命的感悟，心靈的悸動，就算為此系列添加一抹淡彩，輕輕和風吧！

這幾年母親與君妹相繼過世，我時常落入「傷逝」的漩渦中！嚐到了無常的悲痛，學習不捨也得接受的功課。驀然回首，方知生命用豐厚的愛在擁抱著我，讓我領受天地的大美，人間的真情義，父母的深恩與手足的相顧，再加上在文學的道路上與另一半攜手同行，有幸親炙到老作家典範；與眼見菲華青文藝社幼苗的成長。

這本書的內容應該是從我過去的人生歷程，重疊現在而成，其中包含了無盡的感謝、感動與感激。

司馬中原老師與莊良有同施柳鶯妙筆增輝的序文，令本書生色不少，在此深深致謝。

很感謝李文蘅與張琪的校對，以及蘇榮超之美言。同時謝謝鼓勵我出這本書的親友。

【附錄】

思慈母　感主恩

陳若融

母親於二〇〇二年七月二十四日下午五時在台北市仁愛醫院，因心臟衰竭，在安祥中被主接回天家。當接到妹妹台北的來電，心情一則以憂，一則以喜；憂的是心中有太多的悲傷與不捨，今後再也不能親睹慈母的容顏及聆聽其教導，真正的體會到「樹欲靜而風不止，子欲養而親不在」的苦楚心情。喜的是母親再也不用忍受疾病折磨的痛苦，現在她永遠在主的懷中享受豐盛的慈愛。感謝主賜給我盼望，將來有一天，我們會在天家重聚。如果沒有母親的帶領，我就不會歸主，也就沒有將來我們會在天家重聚的福氣。

慈母恩，昊天罔極，思念慈母之際，謹擷取一些見証與大家分享：

一、傳福音

家母從小在教會學校求學，但未曾受洗，直至民國五十年十二月三十一日受洗於台北市南京東路禮拜堂，當時我也常隨她去教會上主日學及聽道。但心中並未順服，母親亦未強迫我受洗。直到我離開台灣，到國外求學時，沒有了親人、師長及朋友的照顧，頓時失去依靠，遇到困難不知如何解決，記起母親常說的「勤讀聖經，時時禱告。」我照著去做，困難果然迎刃而解，我順服了，於一九七〇年受洗，從此享受在主內的平安及喜樂。

辦完母親的追思禮拜，有幸於二〇〇二年八月四日隨陳光明醫師，夫人陳榮女女士及其母親江萬里長老師母到台南後甲教會接受教會對江長老及家屬的感謝。因四十六年前江長老奉獻土地，使後甲教會順利建堂，由一個只有三十多人的小教會成為現在三百多人聚會的興旺教會。我們基督徒要隨時把握機會傳福音，但不要太計較成效，因神有祂的旨意，到時播下的福音種子，自然會開花結果，如後甲教會，母親及我都是真實的見証。

二、罪性

小時候雖然上教會，但看到有些弟兄姐妹身穿白袍，上面寫著紅字，在街道上發放福音單張，其中最使我不以為然的四個字，就是「我是罪人」，當時對罪性不甚了解，對罪的定義很狹隘，以為只有殺人放火的人才是罪人，那時我是一個品學兼優的學生，何罪之有？歸主後，從聖經上得知我們心裡的罪，何其之多！比如，馬可福音七章二十二節提到的惡念，貪婪，邪惡，詭詐，嫉妒，驕傲，狂妄等，在現實生活中，這些心內的污穢，隨時可見，如果不能徹底從內心將這些罪性清除，是不可能成為一個真正的基督徒的。

三、禱告

母親在退休後，就與我長住夏威夷。一九九八年她的身體，日漸衰弱，經家人商議，覺得送她回台灣，有妹妹的照顧，可能較好，但她老人家很喜歡夏威夷，不願離開，我們就請教會弟兄姐妹們為她禱告，她自己也禱告，我們完全順服在主的旨意中。感謝主，在教會為此事擺上禱告後第二天，她就欣然同意回台。在這件事上，我更學會了禱告的課程，只有禱告，順服主的旨意，才是基督徒與神交通及解決問題的最佳途徑。

母親，我們思念您！
更感謝主的恩典，因祂愛您，
為您預備了安息的美地。
今日的分別固然令我們哀傷，
相信這只是短暫的離別，
我們將在主榮耀中再相聚！

國家圖書館出版品預行編目

九華文集 / 陳若莉作. -- 一版. -- 臺
北市：秀威資訊科技, 2010. 07
面；　公分. --（語言文學類；PG0371
菲律賓・華文風11）

BOD版
ISBN 978-986-221-469-5（平裝）

868.655　　　　　　99007466

語言文學類　PG0371

菲律賓・華文風⑪

九華文集

作　　者 / 陳若莉
主　　編 / 楊宗翰
發 行 人 / 宋政坤
執行編輯 / 邵亢虎
圖文排版 / 鄭維心
封面設計 / 蕭玉蘋
數位轉譯 / 徐真玉　沈裕閔
圖書銷售 / 林怡君
法律顧問 / 毛國樑　律師
出版印製 / 秀威資訊科技股份有限公司
台北市內湖區瑞光路583巷25號1樓
電話：02-2657-9211　傳真：02-2657-9106
E-mail：service@showwe.com.tw
經 銷 商 / 紅螞蟻圖書有限公司
台北市內湖區舊宗路二段121巷28、32號4樓
電話：02-2795-3656　傳真：02-2795-4100
http://www.e-redant.com

2010年 7月　BOD 一版
定價：300元

・請尊重著作權・
Copyright©2010 by Showwe Information Co.,Ltd.

讀　者　回　函　卡

感謝您購買本書，為提升服務品質，煩請填寫以下問卷，收到您的寶貴意見後，我們會仔細收藏記錄並回贈紀念品，謝謝！

1.您購買的書名：____________________________

2.您從何得知本書的消息？

□網路書店　□部落格　□資料庫搜尋　□書訊　□電子報　□書店

□平面媒體　□ 朋友推薦　□網站推薦　□其他__________

3.您對本書的評價：(請填代號　1.非常滿意 2.滿意 3.尚可 4.再改進)

封面設計____　版面編排____　內容____　文/譯筆____　價格____

4.讀完書後您覺得：

□很有收獲　□有收獲　□收獲不多　□沒收獲

5.您會推薦本書給朋友嗎？

□會　□不會，為什麼？____________________________________

6.其他寶貴的意見：____

____

____

____

讀者基本資料

姓名：____________________　年齡：______　性別：□女　□男

聯絡電話：________________　E-mail：____________________

地址：____

學歷：□高中(含)以下　□高中　□專科學校　□大學

□研究所(含)以上　□其他_______________

職業：□製造業　□金融業　□資訊業　□軍警　□傳播業　□自由業

□服務業　□公務員　□教職　□學生　□其他__________

請貼郵票

To：114

台北市內湖區瑞光路 583 巷 25 號 1 樓

秀威資訊科技股份有限公司　收

寄件人姓名：

寄件人地址：□□□

(請沿線對摺寄回,謝謝!)

秀威與 BOD

BOD（Books On Demand）是數位出版的大趨勢，秀威資訊率先運用 POD 數位印刷設備來生產書籍，並提供作者全程數位出版服務，致使書籍產銷零庫存，知識傳承不絕版，目前已開闢以下書系：

一、BOD 學術著作—專業論述的閱讀延伸
二、BOD 個人著作—分享生命的心路歷程
三、BOD 旅遊著作—個人深度旅遊文學創作
四、BOD 大陸學者—大陸專業學者學術出版
五、POD 獨家經銷—數位產製的代發行書籍

BOD 秀威網路書店：www.showwe.com.tw
政府出版品網路書店：www.*gov*books.com.tw

永不絕版的故事・自己寫・永不休止的音符・自己唱